U0540724

Wisława Szymborska

1923–2012

我偏爱写诗的荒谬，

胜过不写诗的荒谬。

浦睿文化 出品

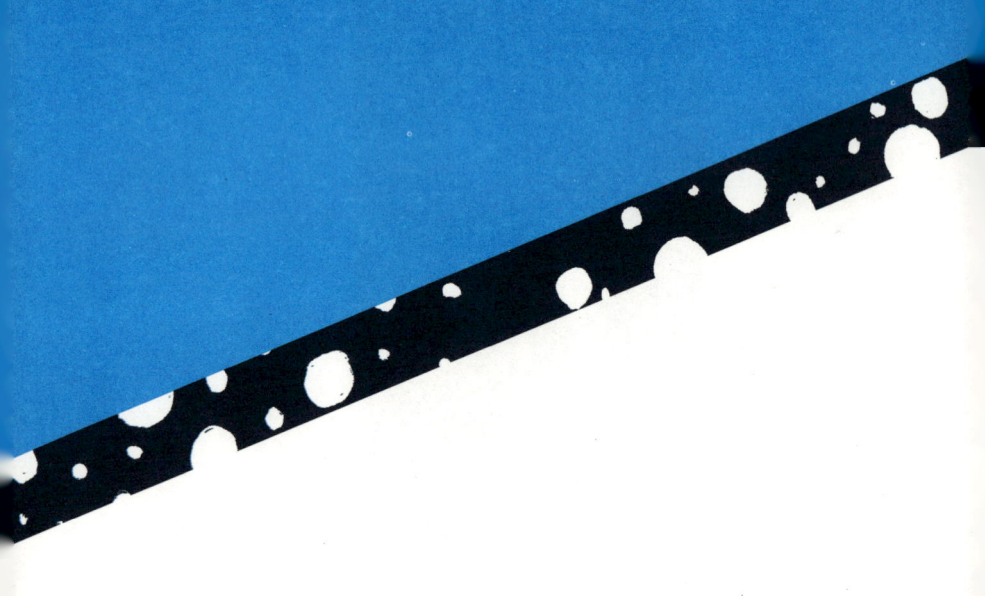

万物静默如谜

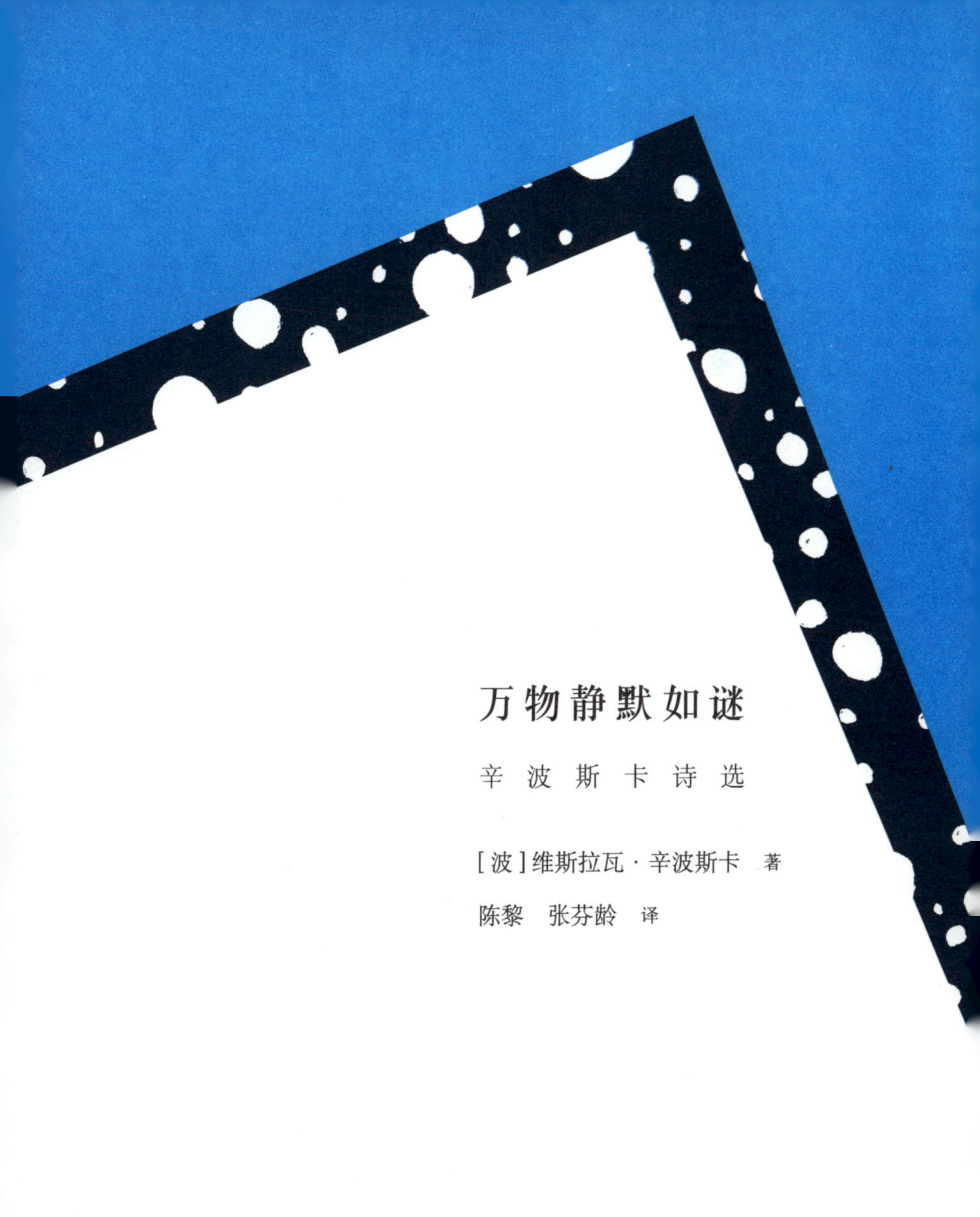

辛波斯卡诗选

[波]维斯拉瓦·辛波斯卡 著

陈黎 张芬龄 译

湖南文艺出版社

目 录

诗人与世界 I

辑一 呼唤雪人 1957

企图　*002*

清晨四点　*003*

有玩具气球的静物画　*004*

致友人　*006*

然而　*008*

布鲁格的两只猴子　*010*

未进行的喜马拉雅之旅　*011*

不会发生两次　*014*

纪念　*016*

辑二 盐

1962

博物馆 *020*

旅行挽歌 *022*

不期而遇 *025*

金婚纪念日 *026*

寓言 *028*

健美比赛 *029*

鲁本斯的女人 *030*

诗歌朗读 *032*

巴别塔 *034*

墓志铭 *036*

与石头交谈 *037*

辑三 一百个笑声

1967

044 写作的喜悦

046 家族相簿

048 砍头

050 圣殇像

052 一部六〇年代的电影

054 越南

055 眼镜猴

058 来自医院的报告

060 特技表演者

062 一百个笑声

065 火车站

辑四 可能

1972

可能 070

剧场印象 072

广告 074

一群人的快照 076

回家 078

失物招领处的谈话 079

从容的快板 080

梦之赞 082

幸福的爱情 085

在一颗小星星底下 088

复活者走动了 090

辑五 巨大的数目

1976

094 巨大的数目

096 致谢函

099 老歌手

100 俯视

102 微笑

104 恐怖分子,他在注视

106 颂赞我妹妹

108 隐居

110 一个女人的画像

112 警告

115 颂扬自我贬抑

116 乌托邦

辑六 桥上的人们 1986

一粒沙看世界 **120**

衣服 **122**

我们祖先短暂的一生 **123**

希特勒的第一张照片 **126**

写履历表 **128**

葬礼 **130**

对色情文学的看法 **132**

奇迹市集 **135**

种种可能 **138**

桥上的人们 **141**

辑七 结束与开始 1993

146 天空

149 结束与开始

152 有些人喜欢诗

154 仇恨

158 无人公寓里的猫

161 一见钟情

164 我们幸运极了

166 一九七三年五月十六日

169 悲哀的计算

辑八 瞬间
2002

有些人 **174**

对统计学的贡献 **176**

负片 **180**

云朵 **182**

在众生中 **184**

植物的沉默 **188**

三个最奇怪的词 **191**

辑九 附录

194 种种荒谬与欢笑的可能

214 辛波斯卡作品年表

Poems New and Selected
Wisława Szymborska

诗 人 与 世 界
一九九六年诺贝尔文学奖演讲辞

据说任何演说的第一句话一向是最困难的，现在这对我已不成问题了。但是，我觉得接下来的句子——第三句、第六句、第十句……一直到最后一句——对我都是一样的困难，因为在今天这个场合我理当谈诗。我很少谈论这个话题——事实上，比任何话题都少。每次谈及，总暗地里觉得自己不擅此道，因此我的演讲将会十分简短。上桌的菜量少些，一切瑕疵便比较容易受到包容。

当代诗人对任何事物皆是怀疑论者，甚至——或者该说尤其——对自己。他们公然坦承走上写诗一途情非得已，仿佛对自己的身份有几分羞愧。然而，在我们这个喧哗的时代，承认自己的缺点——至少在它们经过精美的包装之后——比认清自己的优点容易得多，因为优点藏得较为隐秘，而你自己也从未真正相信它们的价值……在填写问卷或与陌生人聊天时——也就是说，在他们的职业不得不曝光的时候——诗人较喜欢使用笼统的名称"作家"，或者以写作之外所从事的任何工作的名称来代替"诗人"。办事官员或公交车乘客发现和自己打交道的对象是

万物静默如谜
辛波斯卡诗选

一位诗人的时候,会流露出些许怀疑或惊惶的神色。我想哲学家也许会碰到类似的反应,不过他们的处境要好些,因为他们往往可以替自己的职业冠上学术性的头衔。哲学教授——这样听起来体面多了。

但没有诗教授这样的头衔。这毕竟意味着诗歌不是一个需要专业研究、定期考试、附有书目和批注的理论性文章,以及在正式场合授予文凭的行业。这也意味着光看些书——即便是最精致的诗——并不足以成为诗人。其关键因素在于某张盖有官印的纸。我们不妨回想一下:俄国诗坛的骄傲、诺贝尔桂冠诗人布罗茨基(*Joseph Brodsky*)就曾经因为这类理由而被判流放。他们称他为"寄生虫",因为他未获得官方授予当诗人的权利。

数年前,我有幸会见布罗茨基本人。我发现在我认识的诗人当中,他是唯一乐于以诗人自居的。他说出那两个字,不但毫不勉强,相反地,还带有几分反叛性的自由,我想那是因为他忆起了年轻时所经历过的不人道的羞辱。

在人性尊严未如此轻易遭受蹂躏的较为幸运的国家,诗人当然渴

诗 人 与 世 界
——一九九六年诺贝尔文学奖演讲辞

望被出版,被阅读,被了解,但他们绝少使自己超越一般民众和单调日常生活的水平。而就在不久前,本世纪的前几十年,诗人还竭尽心力以其奢华的衣着和怪异的行径让我们震惊不已,但这一切只是为了对外炫耀。诗人总有关起门来,脱下斗篷、廉价饰品以及其他诗的装备,去面对——安静又耐心地守候他们的自我——那白晰依旧的纸张的时候,因为到头来这才是真正重要的。

　　伟大科学家的电影版传记相继问世,并非偶然。越来越多野心勃勃的导演企图忠实地再现重要的科学发现或杰作诞生的创造过程,而且也的确能有几分成功地刻画出投注于科学上的心血。实验室、各式各样的仪器,精密的机械装置重现眼前;这类场景或许能让观众的兴趣持续一阵子;充满变数的时刻——这个经过上千次修正的实验究竟会不会有预期的结果?——是相当戏剧化的。讲述画家故事的影片可以拍得颇具可看性,因为影片再现一幅名作形成的每个阶段,从第一笔画下的铅笔线条,到最后一笔涂上的油彩。音乐则弥漫于讲述作曲家故事的影片中:最初在音乐家耳边响起的几小节旋律,最后会演变成交响曲形式的成熟作品。当然，这一切都流于天真烂漫，对奇妙的心态——一般称之为灵感——并未加以诠释，但起码观众有东西可看，有东西可听。

而诗人是最糟糕的，他们的作品完全不适合以影像呈现。某个人端坐桌前或躺靠在沙发上，静止不动地盯着墙壁或天花板看；这个人偶尔提笔写个七行，却又在十五分钟之后删掉其中一行；然后另一个小时过去了，什么事也没发生……谁会有耐心观赏这样的影片？

我刚才提到了灵感。被问及何谓灵感或是否真有灵感的时候，当代诗人总会含糊其辞。这并非他们未曾感受过此一内在激力之喜悦，而是你很难向别人解说某件你自己都不明白的事物。

好几次被问到这样的问题时，我也躲闪规避。不过我的答复是：大体而言，灵感不是诗人或艺术家的专属特权；现在、过去和以后，灵感总会去造访某一群人——那些自觉性选择自己的职业并且用爱和想象力去经营工作的人。这或许包括医生、老师、园丁——还可以列举出上百项行业。只要他们能够不断地发现新的挑战，他们的工作便是一趟永无终止的冒险。困难和挫败绝对压不扁他们的好奇心，一大堆新的疑问

诗　人　与　世　界

一九九六年诺贝尔文学奖演讲辞

会自他们解决过的问题中产生。不论灵感是什么，它衍生自接连不断的"我不知道"。

这样的人并不多。地球上的居民多半是为了生存而工作，因为不得不工作而工作。他们选择这项或那项职业，不是出于热情；生存环境才是他们选择的依据。可厌的工作，无趣的工作，仅仅因为待遇高于他人而受到重视的工作（不管那工作有多可厌，多无趣）——这对人类是最残酷无情的磨难之一，而就目前情势看来，未来似乎没有任何改变的迹象。

因此，虽然我不认为灵感是诗人的专利，但我将他们归类为受幸运之神眷顾的精英团体。

尽管如此，在座各位此刻或许存有某些疑惑。各类的拷问者、专制者、狂热分子，以一些大声疾呼的口号争权夺势的群众煽动者——他们也喜爱他们的工作，也以富有创意的热忱去履行他们的职责。的确如此，但是他们"知道"。他们知道，而且他们认为自己所知之事自身俱足；他们不想知道其他任何事情，因为那或许会减弱他们的主张的说服力。任何知识若无法引发新的疑问，便会快速灭绝：它无法维持赖以存活所需要的温度。以古今历史为借镜，此一情况发展至极端时，会对社会产生致命的威胁。

这便是我如此重视"我不知道"这短短数字的原因了。这词汇虽小，却张着强有力的翅膀飞翔。它扩大我们的生活领域，使之涵盖我们内在的心灵空间，也涵盖我们渺小地球悬浮其间的广袤宇宙。如果牛顿不曾对自己说"我不知道"，掉落小小果园地面上的那些苹果或许只像冰雹一般；他顶多弯下身子捡取，然后大快朵颐一番。我的同胞居里夫人倘若不曾对自己说"我不知道"，或许到头来只不过在一所私立中学当化学老师，教导那些家世良好的年轻女士，以这一份也称得上尊贵的职业终老。但是她不断地说"我不知道"，这几个字将她——不只一次，而是两度——带到了斯德哥尔摩，在这儿，不断追寻的不安灵魂不时获颁诺贝尔奖。

诗人——真正的诗人——也必须不断地说"我不知道"。每一首诗都可视为响应这句话所做的努力，但是他在纸页上才刚写下最后一个

诗 人 与 世 界
一九九六年诺贝尔文学奖演讲辞

句点,便开始犹豫,开始体悟到眼前这个答复是绝对不完满而可被摒弃的纯代用品。于是诗人继续尝试,他们这份对自我的不满所发展出来的一连串的成果,迟早会被文学史家用巨大的纸夹夹放在一起,命名为他们的"作品全集"。

有些时候我会梦想自己置身于不可能实现的处境,譬如说我会厚颜地想象自己有幸与那位对人类徒然的努力发出动人噫叹的《旧约·传道书》的作者谈天。我会在他面前深深地一鞠躬,因为他毕竟是最伟大的诗人之一——至少对我而言。然后我会抓住他的手。"'太阳底下没有新鲜事':你是这么写的,传道者。但是你自己就是诞生于太阳底下的新鲜事,你所创作的诗也是太阳底下的新鲜事,因为在你之前无人写过。你所有的读者也是太阳底下的新鲜事,因为在你之前的人无法阅读到你的诗。你现在坐在丝柏树下,而这丝柏自开天辟地以来并无成长,它是藉由和你的丝柏类似但非一模一样的丝柏而成形的。传道者,我还想问你目前打算从事哪些太阳底下的新鲜事?将你表达过的思想做进一步的补充?还是驳斥其中的一些论点?你曾在早期的作品里提到'喜悦'

的观点——它稍纵即逝,怎么办?说不定你会写些有关喜悦的'太阳底下的新鲜'诗?你做笔记吗?打草稿吗?我不相信你会说:'我已写下一切,再也没有任何需要补充的了。'这样的话世上没有一个诗人说得出口,像你这样伟大的诗人更是绝不会如此说的。"

世界——无论我们怎么想,当我们被它的浩瀚和我们自己的无能所惊吓,或者被它对个体——人类、动物、甚至植物——所受的苦难所表现出来的冷漠所激愤(我们何以确定植物不觉得疼痛);无论我们如何看待为行星环绕的星光所穿透的穹苍(我们刚刚着手探测的行星,早已死亡的行星?依旧死沉?我们不得而知);无论我们如何看待这座我们拥有预售票的无限宽广的剧院(寿命短得可笑的门票,以两个武断的日期为界限);无论我们如何看待这个世界——它是令人惊异的。

但"令人惊异"是一个暗藏逻辑陷阱的性质形容词。毕竟,令我们惊异的事物背离了某些众所皆知且举世公认的模式,背离了我们习以为常的明显事理。而问题是:此类显而易见的世界并不存在。我们的讶异不假外求,并非建立在与其他事物的比较上。

诗 人 与 世 界

一九九六年诺贝尔文学奖演讲辞

    在不必停下思索每个字词的日常言谈中,我们都使用"俗世"、"日常生活"、"事物的常轨"之类的语汇……但在字字斟酌的诗的语言里,没有任何事物是寻常或正常的——任何一块石头及其上方的任何一朵云;任何一个白日以及接续而来的任何一个夜晚;尤其是任何一种存在,这世界上任何一个人的存在。

    看来艰巨的任务总是找上诗人。

维斯拉瓦·辛波斯卡

一九九六年十二月七日,斯德哥尔摩

Wisława Szymborska

Poems New and Selected

1957
Wolanie do Yeti

辑一
呼唤雪人

Poems New and Selected

Wisława Szymborska

企 图

噢,甜美的短歌,你真爱嘲弄我,
因为我即便爬上了山丘,也无法如玫瑰盛开。
只有玫瑰才能盛开如玫瑰,别的不能。那无庸置疑。

我企图生出枝叶,长成树丛。
我屏住呼吸——为求更快蜕化成形——
等候自己开放成玫瑰。

甜美的短歌啊,你对我真是无情:
我的躯体独一无二,无可变动,
我来到这儿,彻彻底底,只此一遭。

清晨四点

白天与黑夜交接的那个小时。
辗转与反侧之间的那个小时。
年过三十之人的那个小时。

为公鸡报晓而清扫干净的那个小时。
地球背叛我们的那个小时。
隐匿的星星送出凉风的那个小时。
我们会不会消失身后空无一物的那个小时。

空无的那个小时。
空洞。虚无。
所有其他小时的底座。

清晨四点没有人感觉舒畅。
如果蚂蚁在清晨四点感觉不错，
——我们就给它们三声欢呼。让五点钟到来吧
如果我们还得活下去。

有玩具气球的静物画

临死之前

我不唤回记忆,

我要召回

逝去的事物。

穿过门窗——雨伞,

手提箱,手套,外套,

这样我可以说:

那些对我有何用处?

安全别针,这把梳子或那把梳子,

纸玫瑰,细绳,刀子,

这样我可以说:

一切无憾矣。

不管你在哪里,钥匙啊,

设法准时到达,

这样我可以说:

全都生锈了,亲爱的朋友,生锈了。

如云的证明文件将降临,
如云的招待券和问卷,
这样我可以说:
太阳下山了。

噢手表,游出河流,
让我握着你,
这样我可以说:
别再假装报时了。

因风松脱的玩具气球
会再度出现,
这样我可以说:
这儿没有孩童。

从洞开的窗口飞离,
飞入宽广的世界,
让人惊呼:"啊!"
这样我可以哭泣。

致友人

我们通晓地球到星辰
的广袤空间,
却在地面到头骨之间
迷失了方向。

忧伤和眼泪隔着
银河系与银河系之间的距离。
在从虚假往真理的途中,
你凋萎,锐气不再。

喷射机让我们开心,
那些嵌在飞行与声音之间的
寂静的裂缝:
"世界纪录啊!"全世界都欢呼。

然而我们看过更快速的起飞:

它们迟来的回音

在许多年之后

将我们自睡梦中拧醒。

外面传来此起彼落的声音:

"我们是清白的,"他们高喊。

我们赶紧开窗

探出头去捕捉他们的叫声。

但那些声音随即中断。

我们观看流星

仿佛一阵枪弹齐发之后

墙上的灰泥纷纷掉落。

然而

在密封的箱型车里
名字们旅行过大地，
它们要如此旅行多远，
它们究竟出不出得去，
别问，我不会说，我不知道。

纳坦这个名字用拳头击打墙壁，
伊萨克这个名字，疯了，高声歌唱，
莎拉这个名字大叫要水喝因为
亚伦这个名字快渴死了。

移动时别跳，大卫这个名字。
你是一个注定失败的名字，
无人取用，无家可归，
过于沉重致使大地无法承载。

给你的儿子取个斯拉夫名字，
因为在这儿他们计数头上的头发，

因为在这儿他们以名字和眼皮的形状

分辨好坏。

移动时别跳。你的儿子会叫李奇。

移动时别跳。时候未到。

别跳。夜晚发出笑声般的回音

模仿车轮在轨道上的碰撞声。

一朵由人群构成的云移动过大地，

云大雨小，一滴泪，

一场小雨———一滴泪水，一个旱季。

轨道向黑森林内伸展。

车轮可对可对地发着声响。无空地的森林。

可对，可对。噪音的护送部队穿过森林。

可对，可对。夜里醒来我听见

可对，可对，寂静碰撞寂静的声音。

布鲁格[1]的两只猴子

我不停梦见我的毕业考试:
窗台上坐着两只被铁链锁住的猴子,
窗外蓝天流动,
大海溅起浪花。

我正在考人类史:
我结结巴巴,挣扎着。

一只猴子,眼睛盯着我,讽刺地听着,
另一只似乎在打瞌睡——
而当问题提出我无言以对时,
他提示我,
用叮当作响的轻柔铁链声。

---

[1] 布鲁格(*Brueghel, 1525-1569*),十六世纪法兰德斯画家,画作常寓道德与教诲意味,《两只猴子》为其一五六二年油画,现藏于柏林达雷姆美术馆,画中二猴被铁链拴于窗台,窗外为安特卫普港口及街景(译注,以下无特殊说明,皆为译注)。

未进行的喜马拉雅之旅

啊,这些就是喜马拉雅了。

奔月的群峰。

永远静止的起跑

背对突然裂开的天空。

被刺穿的云漠。

向虚无的一击。

回声——白色的沉默,

寂静。

雪人❶,我们这儿有星期三,

ABC,面包

还有二乘二等于四,

还有雪融。

---

❶ 雪人(*Yeti*),传说住在喜马拉雅山上。

玫瑰是红的，紫罗兰是蓝的，
糖是甜的，你也是。

雪人，我们这儿有的
不全然是罪行。
雪人，并非每个字
都是死亡的判决。

我们继承希望——
领受遗忘的天赋。
你将看到我们如何在
废墟生养子女。

雪人，我们有莎士比亚。
雪人，我们演奏提琴。
雪人，在黄昏
我们点起灯。

那高处——既非月，亦非地球，
而且泪水会结冻。
噢雪人，半个月球人，
想想，想想，回来吧！

如是在四面雪崩的墙内
我呼唤雪人，
用力跺脚取暖，
在雪上
永恒的雪上。

不会发生两次

同样的事不会发生两次。
因此,很遗憾的
我们未经演练便出生,
也将无机会排练死亡。

即便我们是这所世界学校里
最鲁钝的学生,
也无法在寒暑假重修:
这门课只开授一次。

没有任何一天会重复出现,
没有两个一模一样的夜晚,
两个完全相同的亲吻,
两个完全相同的眼神。

昨天,我身边有个人
大声喊出你的名字:

我觉得仿佛一朵玫瑰

自敞开的窗口抛入。

今天,虽然你和我在一起,

我把脸转向墙壁:

玫瑰?玫瑰是什么样子?

是一朵花,还是一块石头?

你这可恶的时间,

为什么把不必要的恐惧掺杂进来?

你存在——所以必须消逝,

你消逝——因而变得美丽。

我们微笑着拥抱,

试着寻求共识,

虽然我们很不一样

如同两滴纯净的水。

纪念

他们在榛树丛中做爱
在一颗颗露珠的小太阳下,
他们的发上沾满
木屑碎枝草叶。

燕子的心啊
怜悯他们吧。

他们在湖边跪下,
拨掉发间的泥和叶,
鱼群游到水边,
银河般闪闪发光。

燕子的心啊
怜悯他们吧。

雾气从粼粼水波间
倒映的群树升起。

噢燕子，让此记忆

永远铭刻。

噢燕子，云朵聚成的荆棘，

大气之锚，

改良版的伊卡鲁斯，

着燕尾服的圣母升天，

噢燕子，书法家，

不受时间限制的秒针，

早期的鸟类哥特式建筑，

天际的一只斜眼，

噢燕子，带刺的沉默，

充满喜悦的丧章，

恋人们头上的光环，

怜悯他们吧。

Wisława Szymborska

Poems New and Selected

1962
Sól

辑二
盐

博物馆

这里有餐盘而无食欲。

有结婚戒指,然爱情至少已三百年

未获回报。

这里有一把扇子——粉红的脸蛋哪里去了?

这里有几把剑——愤怒哪里去了?

黄昏时分鲁特琴的弦音不再响起。

因为永恒缺货

一万件古物在此聚合。

土里土气的守卫美梦正酣,

他的短髭撑靠在展示橱窗上。

金属,陶器,鸟的羽毛

无声地庆祝自己战胜了时间。

只有古埃及黄毛丫头的发夹嗤嗤傻笑。

王冠的寿命比头长。

手输给了手套。

右脚的鞋打败了脚。

至于我，你瞧，还活着。

和我的衣服的竞赛正如火如荼进行着。

这家伙战斗的意志超乎想象！

它多想在我离去之后继续存活！

旅行挽歌

全都是我的,但无一为我所有,
无一为记忆所有,
只有在注视时属于我。

女神的雕像重现脑海,立刻又怀疑
她们的头配错了躯干。

属于莎摩可夫镇❶的,除了雨水
还是雨水。

巴黎,从卢浮宫到指甲,
被一层白翳所笼罩。

圣马丁林荫大道:阶梯虽在
然通向乌有。

---

❶ 莎摩可夫镇(*Samokov*),索非亚附近的一个小镇,在十九世纪保加利亚文化复兴运动扮演重要的角色。辛波斯卡在一九九五年到过保加利亚。

多桥的列宁格勒

只不过一座半座桥。

可怜的乌普萨拉❶，

大教堂没落成碎片。

索非亚❷命运多舛的舞者，

一具没有脸孔的躯体。

分离——他的脸没有了眼睛，

分离——他的眼睛没有了瞳孔，

分离——猫的瞳孔。

高加索的老鹰翱翔

于复制的大峡谷上方，

❶ 乌普萨拉(*Uppsala*)，瑞典东部的城市及文化中心。
❷ 索非亚(*Sofia*)，保加利亚首都，位于该国的西部。

掺了杂质的金色阳光

与伪造的石头。

全都是我的，但无一为我所有，

无一为记忆所有，

只有在注视时属于我。

无数，无穷，

但一丝一毫皆各有其特色，

沙粒，水滴

——风景。

我无法鲜明真切地记住

一片叶子的轮廓。

问候与道别

在匆匆一瞥间。

过与不及，

脖子的一次转动。

不期而遇

我们彼此客套寒暄,

并说这是多年后难得的重逢。

我们的老虎啜饮牛奶。

我们的鹰隼行走于地面。

我们的鲨鱼溺毙水中。

我们的野狼在开着的笼前打呵欠。

我们的毒蛇已褪尽闪电,

猴子——灵感,孔雀——羽毛。

蝙蝠——距今已久——已飞离我们发间。

在交谈中途我们哑然以对,

无可奈何地微笑。

我们的人

无话可说。

金婚纪念日

他们一定有过不同点,
水和火,一定有过天大的差异,
一定曾互相偷取并且赠予
情欲,攻击彼此的差异。
紧紧搂着,他们窃用、征收对方
如此之久
终至怀里拥着的只剩空气——
在闪电离去后,透明清澄。

某一天,问题尚未提出便已有了回答。
某一夜,他们透过沉默的本质,
在黑暗中,猜测彼此的眼神。

性别模糊,神秘感渐失,
差异交会成雷同,
一如所有的颜色都褪成了白色。

这两人谁被复制了,谁消失了?
谁用两种笑容微笑?
谁的声音替两个声音发言?
谁为两个头点头同意?
谁的手势把茶匙举向唇边?
谁剥下另一个人的皮?
谁依然活着,谁已然逝去
纠结于谁的掌纹中?

渐渐地,凝望有了孪生兄弟。
熟稔是最好的母亲——
不偏袒任何一个孩子,
几乎分不清谁是谁。

在金婚纪念日,这个庄严的日子,
他们两人看到一只鸽子飞到窗口歇脚。

寓言

几个渔人从海底捞起一个瓶子。里面有一小片纸，上面写着："谁啊，救我！大海把我抛掷到荒岛。我正站在岸上等候救助。赶快。我在这里！"

"没有日期。现在去一定太晚了。瓶子可能已经在海上漂流很久了。"第一个渔人说。

"而且没有标明地方。我们甚至不知道是哪一座海。"第二个渔人说。

"既不会太晚也不会太远。这个名叫'这里'的岛屿无处不在。"第三个渔人说。

他们咸感不安。寂静落下。所有普遍性的真理皆如此。

健美比赛

从头皮到脚跟,所有肌肉都以慢动作展现。
他海洋般的躯干滴着亮油。
光鲜登场使出蛮力把肌腱扭成
可怖的条状酥饼者脱颖称王。

在场上,他以灰熊之姿抓握,
一头因虚拟而更致命的熊。
三只隐形的猎豹在精心设计的
重击之下轮番被摆平。

他蹓步摆势发出吼声。
光是背部就有二十张不同的脸孔。
胜利时他高举粗壮的拳头
向维他命的功效致敬。

鲁本斯[1]的女人

女巨人,雌性的动物,
赤裸一如木桶隆隆作响。
她们伸开手脚躺卧塌陷的床上,
在睡梦中张嘴咯笑。
她们的眼睛已遁入深处
并且向腺体的核心渗透——
酵母由此渗入血液。

巴洛克的女儿。面团在揉面钵发酵,
洗澡水热气蒸腾,酒散发出红宝石的光芒,
乳猪状的云朵奔驰过天空,
胜利的喇叭鸣响肉欲的警报。

啊成熟的瓜果,啊极度的丰满,
因褪去衣衫而倍加鼓胀,

---

[1] 鲁本斯(Rubens,1577-1640),法兰德斯画家、版画家,擅长宗教、神话、历史和风俗画,亦精于肖像画及风景画。他以强劲的构图、明暗的对比,以及色彩的强调创造流动性的空间;他画笔下的女人丰满圆润,体态灵动,充分表现出官能之美和活力。

因狂野的姿势而三重圆润,

你们这些丰盛的爱的佳肴。

她们苗条的姊妹,早在

画里天破晓前即已起床。

没有人注意到她们如何,成一列纵队地,

移动至画布未涂绘的一侧。

被风格所放逐。她们的肋骨一览无遗,

她们的手脚仿佛鸟类,

欲乘瘦削的肩胛骨飞去。

若在第十三世纪她们会有金黄的背景,

在第二十世纪———张银幕。

十七世纪则未给平坦的胸部添加任何东西。

因为现在连天空都是凸起的,

天使凸起,神祇凸起——

蓄短髭的太阳神汗流浃背地

策马进入骚动的神龛。

诗歌朗读

当个拳击手，要不然就根本
不要到场。啊缪斯，蜂拥而至的群众在哪里？
大厅里有十二个人，还有八个空位——
这场艺文活动可以开始了。
有一半的人是因为躲雨才进来，
其余都是亲属。噢，缪斯。

在场的女士们喜欢呐喊狂吼，
不过那只适合拳击赛。在这儿她们得行为检点。
但丁的地狱如今是台前的座位。
他的天堂亦然。噢，缪斯。

啊，当不成拳击手而成了诗人，
一个被判终生苦学雪莱的人，
因为肌肉无力，只好向世界展示
或许有幸收入中学书单上的

十四行诗。噢,缪斯,

噢短尾天使,珀加索斯❶。

在第一排,有位和蔼的老人轻声打鼾:

他梦见妻子又活了过来,并且

像往常一样为他烘焙水果馅饼。

火光熊熊,但她小心翼翼——怕烤焦了他的饼!——

我们开始朗读。噢,缪斯。

---

❶ 珀加索斯(*Pegasus*),希腊神话中的神马,是灵感的象征。

巴别塔

"几点了?""噢,我好快乐;
我只需要一个小铃铛挂在脖子上
在你睡觉时叮当作响。"
"你没听到暴风雨的声音吗?北风撼动
墙壁;塔门,像狮子的胃,
倚着嘎嘎作响的绞链打呵欠。""你怎么
可以忘记?我那天穿着肩膀上有扣钩的
素灰色洋装。""当时
无数次爆炸震撼天空。""我怎能
进来?毕竟你房里还有别人。""我瞥见
比视觉本身更古老的颜色。""真遗憾
你不能答应我。""你说对了,那一定是
场梦。""为什么要骗我,为什么把我
叫成她;你仍然爱着她吗?""当然,
我要你在我身边。""我没理由
抱怨;我自己早该想到的。"
"你仍想念他吗?""但是我没哭。"
"只有这些?""只有你一人。"

"至少你是诚实的。""别担心,
我要出城去了。""别担心,
我会去的。""你的手好美。"
"那是陈年旧事了;刀刃穿透
但未伤及骨头。""没关系,亲爱的,
没关系。""我不知道
现在几点钟,我也不在乎。"

墓志铭

这里躺着,像逗点般,一个
旧派的人。她写过几首诗,
大地赐她长眠,虽然她生前
不曾加入任何文学派系。
她墓上除了这首小诗、牛蒡
和猫头鹰外,别无其他珍物。
路人啊,拿出你提包里的电脑,
思索一下辛波斯卡的命运。

与石头交谈

我敲了敲石头的前门。
"是我,让我进去。
我想进到你里面,
四处瞧瞧,
饱吸你的气息。"

"走开,"石头说,
"我紧闭着。
即使你将我打成碎片,
我们仍是关闭的。
你可以将我们磨成沙砾,
我们依旧不会让你进来。"

我敲了敲石头的前门。
"是我,让我进去。
我来是出于真诚的好奇。
唯有生命才能将它浇熄。
我打算先逛遍你的宫殿,
再走访叶子,水滴。

我的时间不多。

我终必一死的命运该可感动你。"

"我是石头做的,"石头说,

"因此必须板起脸孔。

走开。

我没有肌肉可以大笑。"

我敲了敲石头的前门。

"是我,让我进去。

听说你体内有许多空敞的大厅,

无人得见,徒具华美,

无声无息,没有任何脚步的回声。

招认吧,你自己也不甚清楚。"

"的确,又大又空,"石头说,

"但没有任何房间。

华美,但不合你那差劲官能的胃口。

你或有机会结识我,但你永远无法彻底了解我。

你面对的是我的外表,

我的内在背离你。"

我敲了敲石头的前门。

"是我,让我进去。

我并非要寻求永恒的庇护。

我并非不快乐。

我并非无家可归。

我的世界值得我回去。

我将空手而入,空手而出。

我将只用言语

证明我曾到访,

没有人会相信此事。"

"我不会让你进入,"石头说,

"你缺乏参与感。

其他的感官都无法弥补你失去的参与感。

即使视力提升到无所不能见的地步,

对你并无用处,如果少了参与感。

我不会让你进入,你只略知此感为何物,
只得其种籽,想象。"

我敲了敲石头的前门。
"是我,让我进去。
我没有二十万年的寿命,
所以请让我到你的屋檐底下。"

"如果你不相信我,"石头说,
"去问叶子,它会告诉你同样的话。
去问水滴,它会说出叶子说过的话。
最后再问问你自己的一根头发。
我真想大笑,是的,大笑,狂笑,
虽然我不知道如何大笑。"

我敲了敲石头的前门。
"是我,让我进去。"

"我没有门。"石头说。

Poems New and Selected

041

Wisława Szymborska

Wisława Szymborska

Poems New and Selected

辑三

一百个笑声

1967
Sto pociech

Poems New and Selected

Wisława Szymborska

写作的喜悦

被书写的母鹿穿过被书写的森林奔向何方?
是到复写纸般复印她那温驯小嘴的
被书写的水边饮水吗?
她为何抬起头来,听到了什么声音吗?
她用向真理借来的四只脆弱的腿平衡着身子,
在我手指下方竖起耳朵。
寂静——这个词也沙沙作响行过纸张
并且分开
"森林"这个词所萌生的枝桠。

埋伏在白纸上方伺机而跃的
是那些随意组合的字母,
团团相围的句子,
使之欲逃无路。

一滴墨水里包藏着为数甚夥的
猎人,眯着眼睛,
准备扑向倾斜的笔,
包围母鹿,瞄准好他们的枪。

他们忘了这并非真实人生。

另有法令，白纸黑字，统领此地。

一瞬间可以随我所愿尽情延续，

可以，如果我愿意，切分成许多微小的永恒，

布满暂停飞行的子弹。

除非我发号施令，这里永不会有事情发生。

没有叶子会违背我的旨意飘落，

没有草叶敢在蹄的句点下自行弯身。

那么是否真有这么一个

由我统治、唯我独尊的世界？

真有让我以符号的锁链捆住的时间？

真有永远听命于我的存在？

写作的喜悦。

保存的力量。

人类之手的复仇。

家族相簿

我的家族里没有人曾经为爱殉身过。

事情发生,发生,却没有任何神话色彩。

肺结核的罗密欧?白喉病的朱丽叶?

有些甚至活到耄耋之年。

他们当中没有半个受过单恋之苦,

满纸涕泪而不被回信!

到头来邻居们总是手捧玫瑰,

戴着夹鼻眼镜出现。

不曾在典雅雕饰的衣柜里被勒杀

当情妇的丈夫突然回来!

那些紧身胸衣,那些围巾,那些荷叶边

把他们全都框进照片里。

他们心中没有波希❶画的地狱景象!

没有拿着手枪急冲进花园的画面!

(他们因脑袋中弹而死,但是为了其他理由

---

❶ 波希(*Hieronymus Bosch, 1450-1516*),荷兰画家,以善于表现地狱、妖魔鬼怪著称,作品充满了神秘与怪诞的想象。

并且是在战地担架上。)

即使那位绾着迷人发髻,

眼圈发黑仿佛参加完舞会的妇人,

大出血中飘游而去,

不是向你,舞伴,也非有伤心事。

也许有人,在很久以前,在照相术未发明前——

但相簿里一个也没有——就我所知一个也没有。

哀愁自我消解,日子一天接一天过,

而他们,受慰问后,将因流行性感冒而消瘦。

砍头

"袒胸露肩装"❶ 一词来自 decollo,
decollo 的意思是我砍断脖子。
苏格兰皇后玛丽·斯图亚特
穿着得体的连身衣裙走上断头台。
她的衣衫袒胸露肩
红似喷溅的鲜血。

同一时刻
在僻静的寝宫里
伊丽莎白·都铎,英格兰皇后,
一身白衣站在窗边,
以胜利者之姿将衣领扣至下颚,
最后戴上浆过的绉领襞襟。

她们想法一致:
"主啊,请怜悯我"

---

❶ "袒胸露肩装"一词,波兰文是"*dekolt*",法文是"*décolletage*",其字源为拉丁文"*decollo*",砍头之意。

"真理与我同在"

"活着就是要挡别人的路"

"在某些情况猫头鹰是面包师的女儿" ❶

"这件事永不会完结"

"这件事已结束了"

"我在这里干吗？这里什么都没有"

差别在于衣服——是的，这点我们可以确定。

而细节

是永远不变的。

---

❶ 出自莎士比亚《哈姆雷特》第四幕第五景奥菲莉亚的台词："他们说猫头鹰是面包师的女儿。"

圣殇像[1]

在英雄诞生的小镇，你可以：

参观纪念碑，称颂它的宏伟，

用嘘声将两只母鸡赶下废弃的博物馆的阶梯，

查询英雄之母的住处，

敲扣并推开嘎吱作响的门。

她挺直身子，头发直梳，眼睛明澈。

你可以说我来自波兰。

客套一番。大声而清楚地发问。

是的，她曾经深爱着他。是的，他天生如此。

是的，当时她就站在监狱的围墙边。

是的，她听到子弹齐发。

---

[1] 原诗名*Pieta*'，意大利文，悲伤之意，是圣母将死去的基督抱在膝上的一种图像。此诗所提到的雕像是辛波斯卡于一九五五年走访保加利亚所见。雕像中的母亲是以"瓦普查若瓦之母"闻名于苏联国家的妇人。其子尼可拉·瓦普查若瓦是一名工人，也是著名的诗人。第二次世界大战期间，他投身地下活动；一九四二年七月遭亲纳粹的保加利亚政权处死。瓦普查若瓦的母亲住在希腊边境附近的皮芮山区；五〇年代，该地在当时成为文人政要保加利亚之行必经之地。

可惜未带录音机

和摄影机。是的,她亲历这种种。

在广播时她念了他最后的一封信。

在电视上她哼唱了旧日的摇篮曲。

有一回她还在电影中演出,流泪,

因为弧光灯太强。是的,回忆感动了她。

是的,她有点累了。是的,事情总会过去的。

你可以站起来。致谢。道别。离去,

与下一批观光客擦身而过。

一部六〇年代的电影

那个成年男子。居住在地球上。
一百亿个神经细胞。
每三百公克的心脏有五公升的血液。
一个经过三十亿年才成形的物体。

起初他以小男孩的外形登场。
这男孩会把头搁在姑妈的膝上。
小男孩哪里去了？膝盖哪里去了？
小男孩长大了。啊，一切都不同了。
那些镜子像人行道一样残忍光滑。
昨天他辗过一只猫。是的，那是个好主意。
那只猫从时代的地狱放出来。
汽车里的女孩对他抛了个媚眼。
不，那些膝盖不是他要的类型。
他真的宁可在沙滩上四处躺躺。
他和这个世界无共通之处。
他像水罐上崩落的把耳，
虽然水罐浑然不觉地继续盛着水。

这真让人惊骇。有人还继续工作。

房子已经盖好。门把已经刻好。

树已种下。马戏团仍然继续演出。

整体渴望凝聚,虽然它由片断组成。

厚重如胶水,这些给万物的泪。

但那一切只是背景,只是边衬。

可怖的黑暗在他心中,黑暗中藏着小男孩。

啊幽默之神,想个办法帮帮他。

啊幽默之神,你一定得想个办法帮帮他。

越南

妇人，你叫什么名字？——我不知道。
你生于何时，来自何处？——我不知道。
你为什么在地上挖洞？——我不知道。
你在这里多久了？——我不知道。
你为什么咬我的无名指？——我不知道。
你不知道我们不会害你吗？——我不知道。
你站在哪一方？——我不知道。
战争正进行着，你必须有所选择。——我不知道。
你的村子还存在吗？——我不知道。
这些是你的孩子吗？——是的。

眼镜猴

我是眼镜猴,眼镜猴的儿子,

眼镜猴的孙子和曾孙,

一只很小的动物,由两个瞳孔

和一些不可或缺的东西组成;

奇迹般逃过进一步被加工的命运——

因为我成不了餐桌上的美味,

我的外皮太小做不成毛皮衣领,

我的腺体无法提供幸福感,

没有我的肠管,音乐会照样进行——

我,一只眼镜猴,

蹲坐在人类手指上好端端地过日子。

早安,主人,

无需从我身上剥取任何东西,

你该因此送我什么?

彰显了你的宽宏大度,你要如何酬谢我?

为了博君一粲我搔首弄姿,

对于无价之宝的我,你如何估价?

伟大和蔼的主人——

伟大仁慈的主人——

如果没有动物死得冤枉,

有谁能证明此事?

有可能是你们自己吗?

唉,以你们目前对自己的认知,

只能一夜无眠看星星起落。

只有我们这些极少数动物尚未被

剥去毛皮,撕裂骨头,拔除羽毛,

我们的骨骼、鳞片、角、獠牙

以及富含蛋白质的其他部位

都受到尊重,

我们是——伟大的主人啊——你的梦想,

能暂时赦免你的罪。

我是眼镜猴,眼镜猴的父亲和祖父,

一只很小的动物,几乎只是某物的一半,

但仍是一个不亚于他物的完整之体,

我是如此轻盈,嫩枝就能将我托起。

要不是我必须一次又一次地

自那些,啊,多愁善感的心跌落,

以减轻其负担,

我可能早就上天堂了。

我是眼镜猴,

我知道成为眼镜猴是多么地重要。

来自医院的报告

我们抽签,决定谁去看他。
结果是我。我自餐桌起身。
探病的时间就要到了。

我问候他,他一语不发。
我想握他的手——他抽了回去,
像只饥饿的狗咬着骨头不放。

他似乎对自己将死感到羞愧。
对这样的人你能说些什么?
像一张合成的照片,我们四目未曾交接。

他没叫我留下,也没请我离开。
他未问起餐桌上的任何人。
没问起你,波列克。或是你,托列克。或是你,罗列克。

我开始头疼。是谁为谁而死?
我赞美现代医学,和花瓶里的三朵紫罗兰。

我谈着太阳,想着阴暗的念头。

真好,有阶梯让你跑下。
真好,有大门让你出去。
真好,你们全都在餐桌等我。

医院的气味让我反胃。

特技表演者

从高空秋千到
到高空秋千,在急敲的鼓声戛然中止
中止之后的静默中,穿过
穿过受惊的大气,速度快过
快过身体的重量,再一次
再一次让身体坠落不成。

独自一人。或者称不上独自一人,
称不上,因为他有缺陷,因为他缺乏
缺乏翅膀,非常缺乏,
迫使他不得不
以无羽毛的、而今裸露无遮的专注
羞怯地飞翔。

以吃力的轻松,
以坚忍的机敏,
在深思熟虑的灵感中。你可看到
他如何屈膝蹲伏以纵身飞跃,你可知道

他如何从头到脚密谋

与他自己的身体作对；你可看到

他多么灵巧地让自己穿梭于先前的形体并且

为了将摇晃的世界紧握在手

如何自身上伸出新生的手臂——

超乎一切的美丽就在此一

就在此一，刚刚消逝的，时刻。

一百个笑声

所以他要快乐,
所以他要真理,
所以他要永恒,
就看他怎么做!

他不太能分辨梦想与现实,
仅能勉强弄清他便是他,
勉强成形,有了从鳍、从打火石、
从火箭蜕变而成的手,
很容易溺毙于一茶匙的海水,
甚至不够好笑,无法让空虚发出笑声,
他用眼睛仅能视物,
他用耳朵仅能听音,
他那公式化的陈述从来不乏犹疑,
他让论点互别苗头,
总而言之:他几乎是个无名小卒,
但满脑子自由、无所不知、超越
愚蠢肉体的想法,
就看他怎么做!

因为他似乎真的存在，

的确位居某一颗

较地域性的星星❶底下。

他自有他的活力、冲劲。

作为水晶劣质的后代——

他领受奇迹的能耐已颇有增长。

想及他与牛群周旋的可怜的童年，

他如今算是十分具有个性。

就看他怎么做！

请继续这优良事迹，即使只持续一会儿，

只是渺小银河一眨眼的瞬间。

我们总算对他的未来

有了粗浅的概念，因为现在他已具雏型。

❶ 在辛波斯卡的诗里，"星星"与"小星星"（如《在一颗小星星底下》一诗）几乎是太阳的同义词。

他的确不屈不挠。

非常的不屈不挠——谁都无法否认。

鼻上的鼻环,身上的宽松外袍,羊毛衫。

一百个笑声,不管你怎么说,

可怜的小东西。

一个千真万确的人。

火车站

我的缺席
准时抵达 N 城。

我在一封未寄的信里
预先告知你。

你果然没有
如期现身。

火车停靠第三月台。
许多人下车。

我的缺席跟着人群
朝出口走去。

几个女子行色匆匆,
在熙攘人群中
取代了我。

有人跑向其中一名女子。

我不认识他,

但她即刻

认出了他。

他们接吻,

非以我们的唇,

有个行李箱不见了,

不是我的。

N 城的火车站

成功通过

客观存在之考验。

整体屹立不移,

个例则沿指定轨道

疾行。

即便一场约会

也早已排定。

我们的在场

无能左右之。

在机遇的

失乐园中。

他方。

他方。

这些语字多响亮。

1972
Wszelki wypadek

辑四

可能

可能

事情本来会发生。

事情一定会发生。

事情发生得早了些。晚了些。

近了些。远了些。

事情没有发生在你身上。

你幸存,因为你是第一个。

你幸存,因为你是最后一个。

因为你独自一人。因为有很多人。

因为你左转。因为你右转。

因为下雨。因为阴影笼罩。

因为阳光普照。

幸好有座树林。

幸好没有树。

幸好有条铁道,有个挂钩,有根横梁,有座矮树丛,

有个框架,有个弯道,有一毫米,有一秒钟。

幸好有根稻草漂浮水面。

多亏，因为，然而，尽管。

会发生什么事情，若非一只手，一只脚，

一步之隔，一发之差，

凑巧刚好。

所以你在这儿？千钧一发后余悸犹存？

网子上有个小孔，你自中间穿过？

我惊异不已，说不出话来。

你听，

你的心在我体内跳得多快呀。

剧场印象

我以为悲剧最重要的一幕是第六幕：
自舞台的战场死者复活，
调整假发、长袍，
刺入的刀子自胸口拔出，
绳套自颈间解下，
列队于生者之间
面对观众。

个别的和全体的鞠躬：
白色的手放在心的伤口，
自杀的女士屈膝行礼，
被砍落的头点头致意。

成双成对的鞠躬：
愤怒将手臂伸向顺从，
受害者幸福愉悦地注视绞刑吏的眼睛，
反叛者不带怨恨地走过暴君身旁。

用金色拖鞋的鞋尖践踏永恒。

用帽子的帽缘扫除道德寓意。

积习难改地随时打算明天重新开始。

更早死去的那些人成一列纵队进场,

在第三幕和第四幕,或者两幕之间。

消失无踪的那些人奇迹似地归来。

想到他们在后台耐心等候,

戏服未脱,

妆未卸,

比长篇大论的悲剧台词更教我心动。

但真正令人振奋的是幕布徐徐落下,

你仍能自底下瞥见的一切:

这边有只手匆忙伸出取花,

那边另一只手突然拾起掉落的剑。

就在此时第三只手,隐形的手,

克尽其责:

一把抓向我的喉咙。

广告

我是一颗镇静剂,
我居家有效,
我上班管用,
我考试,
我出庭,
我小心修补破裂的陶器——
你所要做的只是服用我,
在舌下溶解我,
你所要做的只是喝一口水,
将我吞下。

我知道如何对付不幸,
如何熬过噩讯,
挫不义的锋芒,
补上帝的缺席,
帮助你挑选未亡人的丧服。
你还在等什么——
对化学的热情要有信心。

你还只是一位年轻的男／女子，

你真的该设法平静下来。

谁说

一定得勇敢地面对人生？

把你的深渊交给我——

我将用柔软的睡眠标明它，

你将会感激

能够四足落地。

把你的灵魂卖给我。

没有其他的买主会出现。

没有其他的恶魔存在。

一群人的快照

在这张一群人的快照里,
我的头从边上算来是第七个,
也可能是左边算来第四个,
或者底下算来第二十个;

我不知道我的头是哪一个,
它已不和肩膀连在一块,
就像其他的头(反之亦然),
分不清是男是女;

它所代表的意涵
不具任何意义,

而"时代精神"充其量
只可能给予它匆匆一瞥;

我的头成了统计数据的一部分,
冷静地,球状地
消耗其钢材与电缆。

不因可被预测感到羞耻，
不因可被取代而难过；

我仿佛未曾拥有过它，
以自己独特的方式；

它仿佛是被开挖出的坟场里
众多无名尸里的一个头骨，
保存得相当完好，让人忘了
它的主人已不在人世；

它仿佛早就在那里，
我的头，任何人，每个人的头——

它的回忆，如果有的话，
一定是延伸到未来。

回家

他回家。一语不发。
显然发生了不愉快的事情。
他和衣躺下。
把头蒙在毯子底下。
双膝蜷缩。
他四十上下,但此刻不是。
他活着——却仿佛回到深达七层的
母亲腹中,回到护卫他的黑暗。
明天他有场演讲,谈总星系
太空航行学中的体内平衡。
而现在他蜷着身子,睡着了。

失物招领处的谈话

我在北上途中遗失了几个女神,
在西行途中遗失了一些男神。
有几颗星已永远失去光芒,无影无踪。
有一两座岛屿被我丢失在海上。
我甚至不确知我把爪遗落在何处,
谁披了我的毛皮四处走动,谁住进了我的壳。
当我爬上陆地时,我的兄弟姐妹都死了,
只有我体内的一根小骨头陪我欢度纪念日。
我已跳出我的皮,挥霍脊椎和腿,
一次又一次地告别我的感官。
我的第三只眼早已看不见这一切,
我耸动肩上的分枝,我的鳍抽身而退。

遗失了,不见了,散落到四面八方。
我对自己颇感诧异,身上的东西竟然所剩无几:
一个暂且归属人类的单一个体,
昨天遗忘在市区电车上的不过是一把雨伞。

从容的快板

生活啊,你很美丽
你如此多产丰饶,
比青蛙还青蛙,比夜莺还夜莺,
比蚁丘还蚁丘,比新芽还新芽。

我试图博取生活的青睐,
赢得它的宠爱,
迎合它的奇想。
我总是率先向它哈腰鞠躬,

我总是出现在它看得见我的地方,
带着谦卑、虔敬的表情,
乘着狂喜的羽翼翱翔,
臣服于惊异的浪花。

啊,这蚱蜢像草一般翠绿,
这浆果成熟得快要爆开。
我如果没有被生出,
就不可能对之有所感受!

生活啊，我不知道可将你比作什么。

无人能够制造松果

而后又造出其复制品。

我赞美你的创造力，

宽宏的气度，广阔，精确，

秩序感——那些近乎

魔法与巫术的天赋。

我只是不想让你烦乱，

嘲笑或生气，恼怒或焦躁。

数千年来，我始终试图

用我的微笑安抚你。

我紧拉着生活的叶缘：

它愿否为我停下来，仅此一次，

暂时忘却

它不断奔跑的终点站。

梦之赞

在梦中
我挥毫如维梅尔[1]。

我口吐流利的希腊语
不只对生者。

我开一部
听命于我的汽车。

我才华横溢，
写出既长又伟大的诗篇。

我听到的声音
不会比圣者少。

你会惊讶
我钢琴的技艺。

[1] 维梅尔（Vermeer van Delft, 1632-1675），荷兰画家。

我真的飘浮在空中,

我是说,独力完成。

从屋顶掉下

我可以柔软地降落于绿草上。

我觉得在水底呼吸

一点也不困难。

我没有怨言:

我成功地发现了亚特兰蒂斯。

我很高兴在濒临死亡时

总能及时醒来。

战争一爆发我立即

翻身到我喜欢的一方。

我是，却无需成为
我时代的产儿。

几年前
我看到两个太阳。

而前天一只企鹅。
绝顶清晰。

幸福的爱情

幸福的爱情。是正常的吗?
是严肃的吗?是有益的吗?
两个存活于自己世界的人
会带给世界什么好处?

互抬身价,却无显赫功绩,
自百万人中纯属偶然地被挑出,却深信
此为必然结果——凭什么获赏?什么也没有。
那道光不晓得打哪儿照下来。
为何只照在这两个人,而非其他人身上?
这是否有违正义?的确如此。
这岂不瓦解了我们辛苦建立的原则,
将道德自峰顶丢落?是的,两者皆是。

请看看那对幸福的恋人。
他们难道不能至少试着掩饰一下,
看在朋友的份上假装有点难过!
你听他们的笑声——真是刺耳。

他们使用的语言——清楚得让人起疑。

还有他们的庆典、仪式，

精心安排互相配合的例行工作——

这分明是在人类背后搞鬼！

你甚至难以预测事情会如何演变，

如果大家起而效之。

宗教和诗歌还能指望什么？

什么会被记住？什么会被扬弃？

谁还想自我设限？

幸福的爱情。真有必要吗？

智慧和常识告诫我们要对之闭口不谈，

当它是刊登于《时代》杂志的一桩上流社会丑闻。

不靠真爱也能生出天使般纯真的孩童。

它绝不可能长久住在这星球上，

因为它鲜少到访。

就让那些从未找到幸福爱情的人

不断去说世上没有这种东西。

这信念会让他们活得较轻松死得较无憾。

在一颗小星星底下

我为称之为必然向巧合致歉。
倘若有任何谬误之处,我向必然致歉。
但愿快乐不会因我视其为己有而生气。
但愿死者耐心包容我逐渐衰退的记忆。
我为自己分分秒秒疏漏万物向时间致歉。
我为将新欢视为初恋向旧爱致歉。
远方的战争啊,原谅我带花回家。
裂开的伤口啊,原谅我扎到手指。
我为我的小步舞曲唱片向在深渊呐喊的人致歉。
我为清晨五点仍熟睡向在火车站候车的人致歉。
被追猎的希望啊,原谅我不时大笑。
沙漠啊,原谅我未及时送上一匙水。
而你,这些年来未曾改变,始终在同一笼中,
目不转睛盯望着空中同一定点的猎鹰啊,
原谅我,虽然你已成为标本。
我为桌子的四只脚向被砍下的树木致歉。
我为简短的回答向庞大的问题致歉。
真理啊,不要太留意我。

尊严啊，请对我宽大为怀。

存在的奥秘啊，请包容我扯落了你衣裾的缝线。

灵魂啊，别谴责我偶尔才保有你。

我为自己不能无所不在向万物致歉。

我为自己无法成为每个男人和女人向所有的人致歉。

我知道在有生之年我无法找到任何理由替自己辩解，

因为我自己即是我自己的阻碍。

噢，言语，别怪我借用了沉重的字眼，

又劳心费神地使它们看似轻松。

复活者走动了

教授死过三次。
第一次死后,他们叫他动动头。
第二次,他们叫他坐起来。
第三次,他们甚至让他站起身来,
由一个粗壮结实的保姆撑扶着:
我们去散步一下吧。

意外事故后脑部重创,
瞧他克服重重困难,堪称奇迹:
左右,明暗,树草,痛吃。

二加二多少,教授?
二,教授说。
这次回答比先前有进步。

痛,草,坐,长椅。
她又在小径尽头,和世界一样老,
落落寡欢,面乏血色,

被赶走过三次,

真正的保姆,他们说。

教授渴望和她一块。

又一次奋力想脱身而去。

Wisława Szymborska

Poems New and Selected

辑 五
巨大的数目

1976
Wielka liczba

巨大的数目

地球上住着四十亿人,
但是我的想象依然如故。
它和巨大的数目格格不入。
它依然为个体特质所动。
一如手电筒的光,它飞掠过黑暗,
只照亮最靠近的几张脸孔,
其余则视若无睹地略过,
没有挂念,也没有遗憾。
即便但丁也难免如此。
其他人当然更不用说了。
就算有所有的缪斯做后盾。

"我将不会全然死去"——过早的忧虑。
但我是不是全然活着,而且这样够吗?
过去不够,现在更是不够。
我选择舍弃,因为别无他途,
但遭我舍弃的比以往
更多,更稠密,更呶嚷。
一首诗,一声叹息——以难以言喻的损失为代价。

我以耳语回应如雷的召唤。

我沉默地度过多少时日,我不告诉你。

母性的山岳脚下的一只老鼠。

生命存留的只是些许沙上的爪痕。

我的梦——即使它们未能如其当有的拥有众多人口。

它们拥有的孤寂多过群众和喧闹。

有时亡故多时的朋友前来造访片刻。

一只孤伶伶的手转动门把。

回声的分馆满布空旷的屋里。

我跑下门阶进入一座宁静,

无主,已然时代错误的山谷。

我体内为何仍存有此一空间——

我不知道。

致谢函

我亏欠那些
我不爱的人甚多。

另外有人更爱他们
让我宽心。

很高兴我不是
他们羊群里的狼。

和他们在一起我感到宁静,
我感到自由,
那是爱无法给予
和取走的。

我不会守着门窗
等候他们。
我的耐心
几可媲美日晷仪,

我了解

爱无法理解的事物，

我原谅

爱无法原谅的事物。

从见面到通信

不是永恒，

只不过几天或几个星期。

和他们同游总是一切顺心，

听音乐会，

逛大教堂，

饱览风景。

当七座山七条河

阻隔我们，

这些山河在地图上

一目了然。

感谢他们

让我生活在三度空间里,

在一个地平线因变动而真实,

既不抒情也不矫饰的空间。

他们并不知道

自己空着的手里盛放了好多东西。

"我不亏欠他们什么,"

对此公开的问题

爱会如是说。

老歌手

"今天他这样唱:特啊拉拉 特啊 拉。

但是我以前是这样唱:特啊拉拉 特啊 拉。

你听得出哪里不同吗?

而且他不该站在这里,而要站在这里

注视这方向,不是这方向,

虽然他从那里飞奔而来,

但不是从那里,也不是像今天这样拉姆帕 帕姆帕 帕姆,

而是单纯的拉姆帕 帕姆帕 帕姆,

让人难忘的楚贝克·澎波涅利,

只是

现在谁还记得他——"

俯视

泥巴路上躺着一只死甲虫。
三对小脚小心翼翼地交迭于腹部。
不见死亡的乱象——只有整齐和秩序。
目睹此景的恐怖大大地减轻了,
绝对地方性的规模范畴,从茅草到绿薄荷。
哀伤没有感染性。
天空一片蔚蓝。

为了我们内心的宁静,它们的死亡似乎比较肤浅,
动物不会消逝,只会死去,
失去——我们希望相信——较少的知觉和世界,
留下——我们觉得似乎如此——悲剧性较薄弱的舞台。
它们卑微的灵魂不会出没我们的梦境,
它们保持距离,
安份守己。

所以这只死掉的甲虫躺在路上,
无人哀悼,在阳光下闪闪发光。

瞄它一眼总引人思索：

它看来一副并未发生什么大不了事情的模样。

重大事件全都留给了我们。

留给我们的生和我们的死，

一个重要性被渲染、夸大的死亡。

微笑

世人喜欢亲睹希望胜过只闻其声。
政治家必须微笑。
微笑意味着并未气馁。
游戏复杂，利益冲突，
结果仍不明朗——雪白、友善的
牙齿总是让人鼓舞。

他们必须展现开朗的额头
在会议厅，在机场跑道。
轻快地移步，愉悦的神情。
向这位打招呼，向那位道别。
笑容可掬是必要的，
面对镜头和群众。

为外交工作效劳的牙医学
保证能给我们壮观的效果。
遭遇危急情况，友好的犬齿
和整齐的门牙是不可缺的。

我们的时代还没安康到

可以让脸露平常的哀伤。

根据梦想家的看法，人类手足之情

将使人间变成微笑的天堂。

我不相信。果真如此，政治家

就不用勤挤笑脸了——

只是偶尔不禁莞尔：春日，

夏日，心情舒畅自在之时。

然而人类天生忧伤。

就等着吧，我乐观其成。

恐怖分子,他在注视

酒吧里的炸弹将在十三点二十分爆炸。
现在是十三点十六分。
还有时间让一些人进入,
让一些人出去。

恐怖分子已穿越街道。
距离使他远离危险,
好一幅景象——就像电影一样:

一个穿黄夹克的女人,她正要进入。
一位戴墨镜的男士,他正走出来。
穿牛仔裤的青少年,他们正在交谈。
十三点十七分又四秒。
那个矮个儿是幸运的,他正跨上机车。
但那个高个儿,却正要进去。

十三点十七分四十秒。
那个女孩,发上系着绿色缎带沿路走着。

一辆公交车突然挡在她面前。

十三点十八分。

女孩不见了。

她那么傻吗,她究竟上了车没?

等他们把人抬出来就知道了。

十三点十九分。

不知怎么没人进入。

但有个家伙,肥胖秃头,正打算离开。

且慢,他似乎正在翻寻口袋,

十三点十九分十秒

他又走进去寻找他那一文不值的手套。

十三点二十分整。

这样的等待永远动人。

随时都可能。

不,还不是时候。

是的,就是现在。

炸弹,爆炸。

颂赞我妹妹

我妹妹不写诗,

她绝不可能突然提笔写诗。

她像她妈妈——她不写诗,

也像她爸爸——他也不写诗。

在我妹妹家我感到安全:

没有东西会触动我妹婿去写诗。

虽然这听起来像一首亚当·马色唐斯基❶的诗,

我没有一个亲戚在写诗。

在我妹妹的书桌里没有旧的诗,

在她手提包里也没有新的诗。

而当我妹妹邀我共进晚餐,

我知道她并没有为我念诗的打算。

---

❶ 亚当·马色唐斯基(*Adam Macedonski, 1931-*),以写作怪诗著称的波兰诗人。他的长诗往往由不断反复的单行诗句所构成,并且附上卡通、漫画似的图解。辛波斯卡在此诗提及亚当·马色唐斯基,幽了自己一默,因为她在第一节诗里刻意运用重复的手法,以种种措词点出"说话者"的家人都不写诗。

她不需稍试,即可做出绝佳的汤,
她的咖啡不会溅到手稿上。

在很多家庭都没有人写诗,
但一旦有人时,往往就不只一人。
诗有时候像瀑布般代代流传,
在亲人间掀起可怕的旋风。

我妹妹练就一种得体的白话散文,
她全部的文学产品都在度假的明信片上,
年年许诺同样的事物:
当她回来时,
她将告诉我们,每一样东西,
每一样东西,
每一样东西。

隐居

你以为隐士过的是隐居生活,
但他住在漂亮的小桦树林中
一间有花园的小木屋里。
距离高速公路十分钟,
在一条路标明显的小路上。

你无需从远处使用望远镜,
你可以相当近地看到他,听到他,
正耐心地向维里斯卡来的一团游客解释,
为什么他选择粗陋孤寂的生活。

他有一件暗褐色的僧服,
灰色的长须,
玫瑰色的两颊,
以及蓝色的眼睛。
他愉快地在玫瑰树丛前摆姿势
照一张彩色照。

眼前正为他拍照的是芝加哥来的史坦利·科瓦力克。

他答应照片洗出后寄一张过来。

同一时刻,一位从毕哥士来的沉默的老妇人——

除了收帐员外没有人会找她——

在访客簿上写着:

赞美上主

让我

今生得见一位真正的隐士。

一些年轻人在树上用刀子刻着:

灵歌 75 在底下会师。

但巴里怎么了,巴里跑到哪里去了?

巴里正躺在板凳下假装自己是一只狼。

一个女人的画像

她一定乐于讨好。

乐于改变至完全不必改变的地步。

这尝试很容易,不可能,很困难,很值得。

她的眼睛可依需要时而深蓝,时而灰白,

阴暗,活泼,无缘由地泪水满眶。

她与他同眠,仿佛露水姻缘,仿佛一生一世。

她愿意为他生四个孩子,不生孩子,一个孩子。

天真无邪,却能提供最佳劝告。

身体虚弱,却能举起最沉重的负荷。

肩膀上现在没有头,但以后会有。

阅读雅斯贝斯[1]和仕女杂志。

不知道这螺丝是做什么用的,却打算筑一座桥。

年轻,年轻如昔,永远年轻如昔。

她手里握着断了一只翅膀的麻雀,

为长期远程的旅行积攒的私房钱,

一把切肉刀,糊状膏药,一口伏特加酒。

---

[1] 雅斯贝斯(*Karl Jaspers, 1883-1969*),德国存在主义哲学家、神学家。

她这么卖力要奔向何方,她不累吗?

一点也不,只稍微有点,非常,没有关系。

她若非爱他,便是下定决心爱他。

为好,为歹,为了老天爷的缘故。

警告

别把嘲弄者送进太空,
那是我的忠告。

十四颗死行星,
若干颗彗星,两颗星星,
在你前往第三颗的途中
嘲弄者早已丧失了幽默感。

外层空间自身俱足,
也就是——完美。
嘲弄者对此绝不宽贷。

没有任何事物可取悦他们:
时间——因为过于永恒,
美——因为没有瑕疵,
严肃——因为无法成为笑话的素材。
别的人都会赞不绝口,
他们却呵欠连连。

在往第四颗星的途中,

情况会更糟糕。

尖酸的微笑,

睡眠和心灵平衡失常,

愚蠢的交谈:

谈论嘴喙上沾有奶酪的麻雀,

谈论停歇在国王陛下画像上的苍蝇,

或者沐浴的猴子

——的确,那才叫生活。

偏狭。

他们喜爱星期四胜过无穷尽。

粗陋。

他们喜爱走调的音胜过天体的音乐。

在实践与理论,

因与果的

缝隙中他们最是惬意,

但这是太空,不是地球:一切完美接合。

在第三十颗星球
(其荒凉无懈可击)
他们会拒绝离开机舱：
以头痛或指头受伤作为借口。

何其浪费。何其可耻。
那么多的钱丢进了外层空间。

颂扬自我贬抑

秃鹰从不认为自己该受到惩罚。
黑豹不会懂得良心谴责的含意。
食人鱼从不怀疑它们攻击的正当性。
响尾蛇毫无保留地认同自己。

胡狼不知自责为何物。
蝗虫，鳄鱼，旋毛虫，马蝇
我行我素且怡然自得。

食人鲸的心脏也许重达百斤，
和其他部位相比却算轻盈。

在这太阳系的第三颗行星上
诸多兽性的征兆当中，
无愧的良知排行第一。

乌托邦

一个一切都清晰明白的岛屿。

在这里,你可以站在证据的坚实立场上。

唯一的道路是抵达之路。

树丛被诸多答案的重量压得发出呻吟。

这里种有"臆测精准"之树,
它的枝桠自远古时期就不曾纠结。

"理解"之树,笔直素朴却十分耀眼,
在水泉边发芽,名之为"啊,原来如此!"

越进入森林密处,越辽阔地展开着
"显而易见之谷"。

一旦有任何怀疑,会立即被风吹散。

回音阻挠喧嚣声被唤回,

热切地解说世界的秘密。

右边是"理性"所在的洞穴。

左边是"深刻信念"之湖。

真理自湖底窜出,轻轻浮上水面。

山谷上方竖立着"无法动摇的肯定"。

从它的峰顶可俯瞰"事物的本质"。

纵有诸多迷人之处,这岛并无人居住,

沙滩上零星的模糊足印

都无例外地朝向海的方向。

仿佛在此地,你只能离去,

没入深海永不回头。

没入高深莫测的人生。

Wisława Szymborska

Poems New and Selected

辑六

桥上的人们

1986

Ludzie na moscie

Poems New and Selected

Wisława Szymborska

一粒沙看世界

我们称它为一粒沙,
但它既不自称为粒,也不自称为沙。
没有名字,它照样过得很好,不管是一般的,独特的,
永久的,短暂的,谬误的,或贴切的名字。

它不需要我们的瞥视和触摸。
它并不觉得自己被注视和触摸。
它掉落在窗台上这个事实
只是我们的,而不是它的经验。
对它而言,这和落在其他地方并无两样,
不确定它已完成坠落
或者还在坠落中。

窗外是美丽的湖景,
但风景不会自我观赏。
它存在这个世界,无色,无形,
无声,无臭,又无痛。

湖底其实无底,湖岸其实无岸。

湖水既不觉自己湿,也不觉自己干,
对浪花本身而言,既无单数也无复数。
它们听不见自己飞溅于
无所谓小或大的石头上的声音。

这一切都在本无天空的天空下,
落日根本未落下,
不躲不藏地躲在一朵不由自主的云后。
风吹皱云朵,理由无他——
风在吹。

一秒钟过去,第二秒钟过去,第三秒。
但唯独对我们它们才是三秒钟。

时光飞逝如传递紧急讯息的信差。
然而那只不过是我们的明喻。
人物是捏造的,急促是虚拟的,
讯息与人无涉。

衣服

你脱下，我们脱下，他们脱下
用毛料，棉布，多元酯棉制成的
外套，夹克，短上衣，有双排钮扣的西装，
裙子，衬衫，内衣，居家便裤，套裙，短袜
搁在，挂在，抛置在
椅背上，金属屏风的两侧；
因为现在，医生说，情况不算太糟，
你可以穿上衣服，充分休息，出城走走，
有问题服用一粒，睡前，午餐后，
过几个月，明年春天，明年再来；
你了解，而且也想过，那正是我们担心的，
他想象，而你全都采信；
该用颤抖的双手绑紧，系牢
鞋带，扣环，黏带，拉链，扣子，
皮带，钮扣，袖扣，领口，领带，扣钩，
从手提袋，口袋，袖子抽出
一条突然用途大增的
压皱的，带点的，有花纹的，有方格的围巾。

我们祖先短暂的一生

他们当中少有人活到三十。
长寿是岩石和树木的特权。
童年结束的速度和小狼成长的速度一样快。
他们得加紧脚步,以便打点生命,
在太阳下山之前,
在初雪落下之前。

十三岁生子,
四岁追踪灯心草丛中的鸟巢,
二十岁带头狩猎——
尚未开始,就已结束。
无穷的尽端迅速镕化。
女巫用完好如初的青春之齿
咀嚼咒语。
儿子在父亲的目光下长大成人。
在祖父空茫的眼眶下孙子诞生。

然而他们并不计数岁月。
他们计数网罟,豆荚,畜棚,斧头。

时间，对天上微小的星星何其慷慨，
给了他们一只几乎空空如也的手，
又旋即收回，仿佛用了太多的心力。
沿着自黑暗迸出又隐入黑暗的
闪闪发光的河流
再走一步，再走两步。
没有一刻可以浪费，
没有延误的问题，没有为时已晚的启示，
只有在时间之中经历的那些经验。
智慧等不及灰发长出。
它得在看到光之前就看个仔细
并且在声音响起之前就先行听见。

善与恶——
他们对此所知不多，却又无所不知：
当恶告捷，善便藏匿；
当善彰显，恶便卧倒。
善恶皆无法被征服

或被抛弃永不回头。

因此，即便喜悦，也带有些许恐惧；

即使绝望，也不会没有一些安宁的希望。

人生，无论有多长，始终短暂。

短得让你来不及添加任何东西。

希特勒的第一张照片

这穿着连身婴儿服的小家伙是谁?
是阿道夫小娃儿,希特勒家的儿子!
他长大会成为法学博士吗?
还是在维也纳歌剧院唱男高音?
这会是谁的小手、小耳、小眼、小鼻子?
还有喝饱了奶的肚子——我们不知道:
是印刷工人、医生、商人、还是牧师的?
这双可爱的小脚最后会走到哪里?
到花园、学校、办公室、新娘,
也许走到市长女儿的身旁?

可爱小天使,妈咪的阳光,甜心宝贝。
一年前,在他出生之际,
地面和天空不乏征兆可寻:
春天的太阳,窗台的天竺葵,
庭院里手摇风琴的乐音,
包在玫瑰红纸张里的好运势。
他母亲在分娩前做了个预示命运的梦:
梦中见到鸽子是个好兆头——

如果抓得到它,一位恭候已久的客人就会到来。

叩叩,是谁在敲门啊?是小阿道夫的心在敲。

小奶嘴,尿布,拨浪鼓,围兜,

活蹦乱跳的男孩,谢天谢地,十分健康,

长得像他的父母,像篮子里的小猫,

像所有其他家庭相簿里的小孩。

嘘,现在先别哭,小宝贝。

黑布底下的摄影师就要按快门照相了!

克林格照相馆,墓地街,布劳瑙,

布劳瑙是个虽小但不错的市镇,

殷实的行业,好心的邻居,

新烤的面包和灰肥皂的气味。

这里听不见狗吠声或命运的脚步声。

历史老师松开衣领

对着作业簿打呵欠。

写履历表

需要做些什么?
填好申请书
再附上一份履历表。

尽管人生漫长
但履历表最好简短。

简洁、精要是必需的。
风景由地址取代,
摇摆的记忆屈服于无可动摇的日期。

所有的爱情只有婚姻可提,
所有的子女只有出生的可填。

认识你的人比你认识的人重要。
旅行要出了国才算。
会员资格,原因免填。
光荣记录,不问手段。

填填写写,仿佛从未和自己交谈过,
永远和自己只有一臂之隔。

悄悄略去你的狗,猫,鸟,
灰尘满布的纪念品,朋友,和梦。

价格,无关乎价值,
头衔,非内涵。
他的鞋子尺码,非他所往之地,
用以欺世盗名的身份。

此外,再附张露出单耳的照片。
重要的是外在形貌,不是听力。
反正,还有什么好听的?
碎纸机嘈杂的声音。

葬礼

"这么突然,有谁料到事情会发生"

"压力和吸烟,我不断告诉他"

"不错,谢谢,你呢"

"这些花需要解开"

"他哥哥也心脏衰竭,是家族病"

"我从未见过你留那种胡子"

"他自讨苦吃,总是给自己找麻烦"

"那个新面孔准备发表演讲,我没见过他"

"卡薛克在华沙,塔德克到国外去了"

"你真聪明,只有你带伞"

"他比他们聪明又怎样"

"不,那是走道通过的房间,芭芭拉不会要的"

"他当然没错,但那不是借口"

"车身,还有喷漆,你猜要多少钱"

"两个蛋黄,加上一汤匙糖"

"干他屁事,这和他有什么关系"

"只剩蓝色和小号的尺码"

"五次,都没有回音"

"好吧,就算我做过,换了你也一样"

"好事一桩，起码她还有份工作"

"不认识，是亲戚吧，我想"

"那牧师长得真像贝尔蒙多"

"我从没来过墓园这一区"

"我上个星期梦见他，就有预感"

"他的女儿长得不错"

"众生必经之路"

"代我向未亡人致意，我得先走"

"用拉丁文说，听起来庄严多了"

"往者已矣"

"再见"

"我真想喝一杯"

"打电话给我"

"搭什么公交车可到市区"

"我往这边走"

"我们不是"

对色情文学的看法

再没有比思想更淫荡的事物了。
这类放浪的行径嚣狂如随风飘送的野草
蔓生于雏菊铺造的园地。

有思想的人认为天底下没有神圣之事。
厚颜鲜耻地直呼万物之名,
淫秽地分解,色情地组合,
狂乱放荡地追逐赤裸的事实,
猥亵地抚弄棘手的问题,
春情大发地讨论——这些他们听来如同音乐。

在光天化日或夜色掩护之下,
他们形成圈圈,三角关系,或成双配对。
伴侣的年龄和性别无关紧要。
他们目光炯炯,满面红光。
呼朋引伴走入歧途。
堕落的女儿带坏她们的父亲。
哥哥做妹妹的淫媒。

他们喜欢在知识的禁树上

采下的果实

胜过纸面光滑的杂志上找到的粉红屁股——

那些终极来说天真无邪的猥亵刊物。

他们喜爱的书籍里没有图片。

唯一的变化是大拇指甲或蜡笔

标记出的某些词语。

令人震惊的是,他们殚精竭智

用以使彼此受精的各种姿势,和

不受抑制的纯真!

这样的姿势即使《爱经》❶一书也一无所知。

他们幽会时唯一湿热的东西是茶水。

他们坐在椅子上,掀动嘴唇。

每个人交合的只是自己的双腿

---

❶ 《爱经》,古印度一本关于性爱的经典书籍。

好让一只脚搁放地上，

而另一只自由地在半空中摆荡。

偶尔才会有人站起身来，

走到窗口

透过窗帘的缝隙

窥探外面的街景。

奇迹市集

司空见惯的奇迹:
发生了好多常见的奇迹。

寻常的奇迹:
一些看不见的狗
在深夜吠叫。

众多奇迹中的一桩:
一朵小巧轻盈的云
抢尽硕大月亮的风头。

数桩合一的奇迹:
一株赤杨倒映水中,
左右颠倒,
自顶端向根部生长,
却怎么也够不到底
虽然水很浅。

稀松平常的奇迹：

暴雨来袭

风由弱转中转剧。

首当其冲的奇迹：

母牛还会是母牛。

居后但不容小觑的奇迹：

从这么一个樱桃核

长成的这座樱桃园。

脱掉了礼帽和燕尾服的奇迹：

拍动翅膀的白鸽群。

一桩奇迹（除此称谓别无他名）：

今天太阳在清晨三点十四分升起

将于今晚八点一分落下。

对我们起不了作用的奇迹：
手指头确实少于六根
却又比四根多。

一桩奇迹啊，环顾四周便知：
无法逃脱的地球。

再补充一桩奇迹，额外又普通的：
所有难以想象的
都变成可以想象的。

种种可能

我偏爱电影。

我偏爱猫。

我偏爱华尔塔河沿岸的橡树。

我偏爱狄更斯胜过陀思妥耶夫斯基。

我偏爱我对人群的喜欢

胜过我对人类的爱。

我偏爱在手边摆放针线,以备不时之需。

我偏爱绿色。

我偏爱不抱持把一切

都归咎于理性的想法。

我偏爱例外。

我偏爱及早离去。

我偏爱和医生聊些别的话题。

我偏爱线条细致的老式插画。

我偏爱写诗的荒谬

胜过不写诗的荒谬。

我偏爱,就爱情而言,可以天天庆祝的

不特定纪念日。

我偏爱不向我做任何

承诺的道德家。

我偏爱狡猾的仁慈胜过过度可信的那种。

我偏爱穿便服的地球。

我偏爱被征服的国家胜过征服者。

我偏爱有些保留。

我偏爱混乱的地狱胜过秩序井然的地狱。

我偏爱格林童话胜过报纸头版。

我偏爱不开花的叶子胜过不长叶子的花。

我偏爱尾巴没被截短的狗。

我偏爱淡色的眼睛,因为我是黑眼珠。

我偏爱书桌的抽屉。

我偏爱许多此处未提及的事物

胜过许多我也没有说到的事物。

我偏爱自由无拘的零

胜过排列在阿拉伯数字后面的零。

我偏爱昆虫的时间胜过星星的时间。

我偏爱敲击木头。

我偏爱不去问还要多久或什么时候。

我偏爱牢记此一可能——

存在的理由不假外求。

桥上的人们

一个奇怪的星球,上面住着奇怪的人。
他们受制于时间,却不愿意承认。
他们自有表达抗议的独特方式。
他们制作小图画,譬如像这张:

初看,无特别之处。
你看到河水。
以及河的一岸。
还有一条奋力逆航而上的小船。
还有河上的桥,以及桥上的人们。
这些人似乎正在逐渐加快脚步
因为雨水开始从一朵乌云
倾注而下。

此外,什么事也没发生。
云不曾改变颜色或形状。
雨未见增强或停歇。
小船静止不动地前行。
桥上的人们此刻依旧奔跑

于刚才奔跑的地方。

在这关头很难不发表一些想法:

这张画绝非一派天真。

时间在此被拦截下来。

其法则不再有参考价值。

时间对事件发展的影响力被消除了。

时间受到忽视,受到侮辱。

因为一名叛徒,

一个歌川广重❶

(一个人,顺便一提,

已故多年,且死得其时),

时间失足倒下。

---

❶ 歌川广重(*Utagawa Hiroshige, 1797-1858*),日本浮世绘画家。此诗提到的画为他一八五七年所作《名所江户百景》中的一幅——《骤雨中的箸桥》,因梵高一八八七年的仿作《雨中的桥》而著名。

你尽可说这只不过是个不足道的恶作剧,

只具有两三个星系规模的玩笑。

但是为求周全,我们

还是补上最后的短评:

数个世代以来,推崇赞誉此画,

为其陶醉感动,

一直被视为合情合理之举。

但有些人并不以此为满足。

他们更进一步听到了雨水的溅洒声,

感觉冷冷的雨滴落在他们的颈上和背上,

他们注视着桥以及桥上的人们,

仿佛看到自己也在那儿,

参与同样无终点的赛跑,

穿越同样无止尽,跑不完的距离,

并且有勇气相信

这的确如此。

Wisława Szymborska

Poems New and Selected

Poems New and Selected

1993
Koniec i poczatek

辑七
结束与开始

Wisława Szymborska

天空

我早该以此开始:天空。
一扇窗减窗台,减窗框,减窗玻璃。
一个开口,不过如此,
开得大大的。

我不必等待繁星之夜,
不必引颈
仰望。
我已将天空置于颈后、手边,和眼皮上。
天空紧捆着我
让我站不稳脚步。

即使最高的山
也不比最深的山谷
更靠近天空。
任何地方都不比另一个地方拥有
更多的天空。
钱鼠升上第七重天的机会

不下于展翅的猫头鹰。
掉落深渊的物体
从天空坠入了天空。

粒状的，沙状的，液态的，
发炎的，挥发的
一块块天空，一粒粒天空，
一阵阵，一堆堆天空。
天空无所不在，
甚至存在你皮肤底下的暗处。
我吞食天空，我排泄天空。
我是陷阱中的陷阱，
被居住的居民，
被拥抱的拥抱，
回答问题的问题。

分为天与地——
这并非思索整体的

合宜方式。

只不过让我继续生活

在一个较明确的地址,

让找我的人可以

迅速找到我。

我的特征是

狂喜与绝望。

结束与开始

每次战争过后
总得有人处理善后。
毕竟事物是不会
自己收拾自己的。

总得有人把瓦砾
铲到路边,
好让满载尸体的货车
顺利通过。

总得有人跋涉过
泥沼和灰烬,穿过沙发的弹簧,
玻璃碎片,
血迹斑斑的破布。

总得有人拖动柱子
去撑住围墙,
总得有人将窗户装上玻璃,
将大门嵌入门框内。

并不上镜头,
这得花上好几年。
所有的相机都到
别的战场去了。

桥梁需要重建,
火车站也是一样。
衬衣袖子一卷再卷,
都卷碎了。

有人,手持扫帚,
还记得怎么一回事,
另外有人侧耳倾听,点点
他那未被击碎的头。
但另一些人一定匆匆走过,
觉得那一切
有点令人厌烦。

有时候仍得有人
自树丛底下
挖出生锈的议题
然后将之拖到垃圾场。

了解
历史真相的人
得让路给
不甚了解的人。
以及所知更少的人。
最后是那些简直一无所知的人。

总得有人躺在那里——
那掩盖过
因和果的草堆里——
嘴里含着草叶，
望着云朵发愣。

有些人喜欢诗

有些人——
那表示不是全部。
甚至不是全部的大多数,
而是少数。
倘若不把每个人必上的学校
和诗人自己算在内,
一千个人当中大概
会有两个吧。

喜欢——
不过也有人喜欢
鸡丝面汤。
有人喜欢恭维
和蓝色,
有人喜欢老旧围巾,
有人喜欢证明自己的论点,
有人喜欢以狗为宠物。

诗——

然而诗究竟是怎么样的东西?

针对这个问题

人们提出的不确定答案不只一个。

但是我不懂,不懂

又紧抓着它不放,

仿佛抓住了救命的栏杆。

仇恨

你看,她至今仍效率十足,
仍勇健如昔——
百年来我们的仇恨。
她轻易地跨过最高的障碍。
她敏捷地扑攫、追捕我们。

她和别的感情不同。
既年长又年轻。
她存在的理由
不假外求。
如果睡着,她绝非一睡不起。
失眠不会削弱她的力量,反而使之元气大增。

任何宗教——
使她预备,各就各位。
任何祖国——
助她顺利起跑。
公理正义在刚开始也挺有效
直到仇恨找到自己的原动力。

仇恨。仇恨。
她的脸因性爱的狂喜
而扭曲变形。

噢其他的情感,
无精打采病恹恹的。
同胞爱何时开始
吸引人群?
悲悯可曾
首先抵达终点?
怀疑可曾真的煽动过群众?
只有仇恨予取予求。

聪明,能干,勤奋。
需要提及她所创作的歌吗?
她为史书增添的页数吗?
她在无数的市区广场和足球场
所铺下的人类地毯吗?

让我们正视她:

她懂得创造美感。

午夜天空熊熊的火光。

粉红黎明时分炸弹引爆的壮丽景观。

你无法否认废墟的悲情可激励人心,

并且自其中突起的坚固圆柱

具有某种淫秽的幽默。

仇恨是对比的大师:

在爆炸与死寂之间,

在红色的血和白色的雪之间。

最重要的是,她对她的主导动机

从不厌倦——高居污脏受难者上方的

无懈可击的刽子手。

她随时愿意接受挑战。

如果必须稍等片刻,她也愿意。

据说仇恨是盲目的。盲目的?

她拥有狙击手的敏锐视力
而且毫不畏缩地凝视未来,
舍她其谁。

无人公寓里的猫

死亡——不可以这样对待一只猫。
因为一只猫又能在一间无人的公寓
做出什么事情?
攀爬墙壁?
在家具上摩擦身体?
这里好像没什么不同,
却又全都变了样。
没有东西被搬动过,
却变得较宽敞。
而且到了晚上灯都不亮了。

楼梯上有脚步声,
是从前没听过的。
将鱼放到小碟子上的手
也不一样了。

某件事开始的时刻,
和往常不同。

某件不该发生的事
却发生了。
有个人一直,一直在那里,
然后突然消失无踪,
完完全全地不见了。

每一个橱柜都被检视过,
所有的架子都被翻遍,
挖开地毯底下,一无所获。
还打破一道禁令:
文件随处乱扔。
接下来可做的事
只剩下睡觉和等待。

就等他现身了。
就让他露脸吧。
他会因此得到教训
知道不该如此对待猫吧?

它悄悄走向他

好似心不甘情不愿，

十分缓慢地

移动显然受到委屈的爪子，

至少没有使出跳跃或者尖叫的绝招。

一见钟情

他们两人都相信
是一股突发的热情让他俩交会。
这样的笃定是美丽的,
但变化无常更是美丽。

既然从未见过面,所以他们确定
彼此并无任何瓜葛。
但是听听自街道、楼梯、走廊传出的话语——
他俩或许擦肩而过一百万次了吧?

我想问他们
是否记不得了——
在旋转门、
面对面那一刻?
或者在人群中喃喃说出的"对不起"?
或者在听筒截获的唐突的"打错了"?
然而我早知他们的答案。
是的,他们记不得了。

他们会感到诧异,倘若得知

缘分已玩弄他们

多年。

尚未完全做好

成为他们命运的准备,

缘分将他们推近,驱离,

憋住笑声

阻挡他们的去路,

然后闪到一边。

有一些迹象和信号存在,

即使他们尚无法解读。

也许在三年前

或者就在上个星期二

有某片叶子飘舞于

肩与肩之间?

有东西掉了又捡了起来?

天晓得，也许是那个

消失于童年灌木丛中的球?

还有事前已被触摸

层层覆盖的

门把和门铃。

检查完毕后并排放置的手提箱。

有一晚，也许同样的梦，

到了早晨变得模糊。

每个开始

毕竟都只是续篇，

而充满情节的书本

总是从一半开始看起。

我们幸运极了

我们幸运极了
不确知
自己生活在什么样的世界。

一个人将得活
好长好长的时间,
铁定比世界本身
还要久。

得认识其他的世界,
就算只是做个比较。

得超脱凡俗人世——
它真正会的
只是碍事
和惹麻烦。

为了研究,

为了大画面

和明确的结论,

一个人将得超越

那万物奔窜、回旋其中的时间。

照那样看来,

一个人不妨告别

小事件和细节。

计数周末以外的日子

将无可避免被视为

无意义之举;

把信投进邮筒,

愚蠢少年的冲动;

"不准践踏草地"的告示,

精神错乱的症状。

一九七三年五月十六日

诸如此类的日期
不再引起共鸣。

当天我去了哪里，
做了什么——我不知道。

遇到了谁，谈了些什么，
我记不得了。

倘若当时附近发生了刑案，
我提不出不在场证明。

烈日高照，然后消失于
我的地平线之外。
地球旋转
我的笔记本上未有只字记载。

我宁可假想

自己已暂时死去

也不愿继续活着

却什么也记不得。

毕竟我不是鬼魂。

我呼吸，吃饭，

行走。

我的脚步会发出声响，

我的手指当然也在门把上

留下了指纹。

镜子抓住了我的影像。

我穿了或戴了某件诸如此类颜色的东西。

一定有人见到了我。

或许当天我找到某样

遗失的东西。

或许我遗失了某样后来又找到的东西。

我曾经充满了感情和知觉。
而今那一切却像
小括号里的一行小圆点。

我当时潜藏于何处，
隐匿于何处？
在自己的眼前消失
可是相当不错的幻术。

我摇动我的记忆。
也许在它枝桠间沉睡多年
的某样东西
会突然振翅飞起。

不会的。
我显然太过奢求。
无非是整整一秒钟。

悲哀的计算

我认识的人当中有多少

(如果我当真认识)

男人,女人

(如果此种区分依然管用)

已然跨过那道门坎

(如果它是门坎)

经过那座桥

(如果可称之为桥)——

有多少人,经历或短或长的人生

(如果他们仍觉其中有别),

幸福,因为已开始,

不幸,因为已结束,

(除非他们偏要反过来说)

发现自己置身彼岸

(如果真的置身

而且确有彼岸)——

我不确知

他们未来命运如何

（如果真有共同的命运

且可称之为命运）——

　一切

（如果我不对这个词设限）

已成他们身后事

（如果不叫身前事）——

他们当中有多少人跃离疾驰的时间

并且——更凄惨地——消逝于远方

（如果还相信有所谓远方）

有多少人

（如果这问题成立，

如果不把自己算进去

也能得出总数）

已沉入那最深沉的睡眠

(如果没有比这更深沈的)——

再见。

明天见。

下次见。

他们不想

(如果他们不想)再说这些了。

他们把自己交给无尽的

(如果没别的)沉默。

他们只忙着那些

(如果就只那些)

他们的缺席要求他们做的。

Wisława Szymborska

2002
Chwila

Poems New and Selected

辑八

瞬间

Poems New and Selected

Wisława Szymborska

有些人

有些人逃离另一些人。
在某个国家的太阳
和云朵之下。

他们几乎抛弃所拥有的一切,
已播种的田地,一些鸡,几条狗,
映着熊熊烈火的镜子。

他们肩上扛着水罐和成捆的行囊。
里头装的东西越空,
反而越显沉重。

无声无息的事:有人因疲惫而倒地。
惊天动地的事:有人的面包遭抢夺。
有人企图摇醒瘫软的孩子。

总有另一条不该走的路在他们前面,
总有另一条不该过的桥

跨越在红得怪异的河上。
周遭有一些枪响,时近时远,
头顶有一架飞机,似乎盘旋不去。

会点隐身术应该很管用,
能坚硬如灰色石块也行,
或者,更棒的是,让自己消失
一小段或一长段时间。

总有别的事情会发生,只是何地和何事的问题,
总有人会扑向他们,只是何时和何人的问题,
以多少种形式,带着什么意图。
倘若他可以选择,
也许他不会成为敌人,
而会允许他们过某种生活。

对统计学的贡献

一百人当中

凡事皆聪明过人者
——五十二人；

步步蹉跎者
——几乎其余所有的人；

如果不会费时过久，
乐于伸出援手者
——高达四十九人；

始终很佳，
别无例外者
——四，或许五人；

能够不带妒意欣赏他人者
——十八人；

对短暂青春

存有幻觉者

——六十人，容有些许误差；

不容小觑者

——四十四人；

生活在对某人或某事的

持久恐惧中者

——七十七人；

能快乐者

——二十来人；

个体无害，

群体中作恶者

——至少一半的人；

为情势所迫时

行径残酷者

——还是不要知道为妙

即便只是约略的数目;

事后学乖者

——比事前明智者

多不上几个人;

只重物质生活者

——四十人

(但愿我看法有误);

弯腰驼背喊痛,

黑暗中无手电筒者

——八十三人

或迟或早;

公正不阿者

——三十五人,为数众多;

公正不阿

又通达情理者

——三人;

值得同情者

——九十九人;

终须一死者

——百分之一百的人。

此一数目迄今未曾改变。

负片

在灰蒙蒙的天空下
一朵更灰暗的云
被太阳镶上黑边。

在左边,也就是右边,
一根白色的樱桃枝开出黑色的花。

明亮的阴影在你脸上。
你刚在桌旁坐下
把灰色的手放在上面。

你像个幽灵似的
试图唤起生者。

(既然仍是其中一员,
我该出现在他眼前,轻拍一下:
晚安,也就是早安,
再见,也就是哈啰。

并且不吝于对他的回答提出问题,

关于生命,

那宁静之前的暴风雨。)

云朵

要描写云朵
动作得十分快速——
转瞬间
它们就幻化成别的东西。

它们的特质:
形状,色泽,姿态,结构
绝不重复。

没有记忆的包袱,
它们优游于事实之上。

它们怎么可能见证任何事情——
一遇到事情,便溃向四方。

和云朵相比,
生活牢固多了,
经久不变,近乎永恒。

在云朵旁,

即便石头也像我们的兄弟,

可以让我们依靠,

而云朵只是轻浮的远房表亲。

让想存活的人存活,

而后死去,一个接一个,

云朵对这事

一点也

不觉得奇怪。

在你的整个生活以及

我,尚未完的,生活之上,

它们壮丽地游行过。

它们没有义务陪我们死去。

它们飘动时,也不一定要人看见。

在众生中

我就是我。
一个令人不解的偶然,
一如每个偶然。

我原本可能拥有
不同的祖先,
自另一个巢
振翅而出,
或者自另一棵树
脱壳爬行。

大自然的更衣室里
有许多服装:
蜘蛛,海鸥,田鼠之装。
每一件都完全合身,
竭尽其责,
直到被穿破。

我也没有选择，

但我毫无怨言。

我原本可能成为

不是那么离群之物，

蚁群、鱼群、嗡嗡作响的蜂群的一分子，

被风吹乱的风景的一小部分。

某个较歹命者，

因身上的毛皮

或节庆的菜肴而被饲养，

某个在玻璃片下游动的东西。

扎根于地的一棵树，

烈火行将逼近。

一片草叶，被莫名事件

引发的惊逃所践踏。

黑暗星星下的典型,

为他人而发亮。

该怎么办,如果我引发人们

恐惧,或者只让人憎恶,

只让人同情?

如果我出生于

不该出生的部族,

前面的道路都被封闭?

命运到目前为止

待我不薄。

我原本可能无法

回忆任何美好时光。

我原本可能被剥夺

好作譬喻的气质。

我可能是我——但一无惊奇可言,

也就是说,

一个截然不同的人。

植物的沉默

一种单向的关系在你们和我之间
进展得还算顺利。

我知道叶子、花瓣、核仁、球果和茎干为何物,
也知道你们在四月和十二月会发生什么事。

虽然我的好奇未获回报,
我仍乐于为你们其中一些弯腰屈身,
为另外一些伸长脖子。

我这里有你们的名字:
枫树,牛蒡,地钱,
石楠,杜松,槲寄生,勿忘我;
而你们谁也不知道我的名字。

我们有共同的旅程。
在旅行时互相交谈,
交换,譬如,关于天气的意见,

或者关于一闪而过的车站。

因为关系密切,我们不乏话题。
同一颗星球让我们近在咫尺。
我们依同样的定律投落影子。
我们都试着以自己的方式了解一些东西,
即便我们不了解处,也有几分相似。

尽管问吧,我会尽可能说明:
我的眼睛看到了什么?
我的心为什么会跳动?
我的身体怎么没有生根?

但要如何回答没有提出的问题,
尤其当答问者对你们而言
是如此的微不足道?

矮树林,灌木丛,草地,灯心草……

我对你们说的一切只是独白,
你们都没有听见。

和你们的交谈虽然必要却不可能。
如此急切,在我仓卒的人生,
却被永远搁置。

三个最奇怪的词

当我说"未来"这个词,
第一音方出即成过去。

当我说"寂静"这个词,
我打破了它。

当我说"无"这个词,
我在无中生有。

Wisława Szymborska

Poems New and Selected

辑九

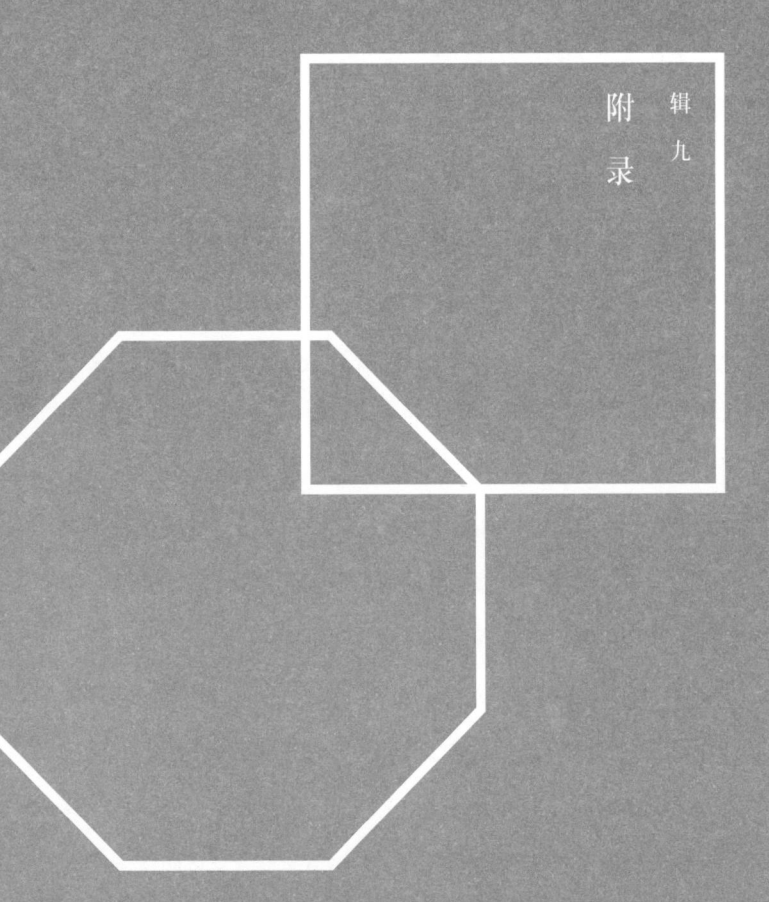

附录

> # 种种荒谬与欢笑的可能
> 阅读辛波斯卡

一九九六年诺贝尔文学奖得主辛波斯卡,一九二三年七月二日出生于波兰西部小镇布宁❶,八岁时移居克拉科夫(*Cracow*),波兰南方的大城,至二〇一二年二月去世止。她是第三位获得诺贝尔文学奖的女诗人(前两位是一九四五年智利的米斯特拉尔和一九六六年德国的萨克斯),第四位获得诺贝尔文学奖的波兰作家,也是当今波兰最受欢迎的女诗人。她的诗作虽具高度的严谨性及严肃性,在波兰却拥有十分广大的读者。她一九七六年出版的诗集《巨大的数目》,第一刷一万本在一周内即售光,这在诗坛真算是巨大的数目。

辛波斯卡于一九四五年至一九四八年间,在克拉科夫著名的雅格隆尼安大学修习社会学和波兰文学。一九四五年三月,她在《波兰日报》副刊发表了她第一首诗作《我追寻文字》。一九四八年,当她正打算出第一本诗集时,波兰政局生变,主张文学当为社会政策而作。辛波

---

❶ 布宁(*Bnin*),今为科尼克(*Kornik*)一部分。

附录

种种荒谬与欢笑的可能

斯卡于是对其作品风格及主题进行全面之修改,诗集延至一九五二年出版,名为《存活的理由》。辛波斯卡后来对这本以反西方思想、为和平奋斗、致力社会主义建设为主题的处女诗集,显然有无限的失望和憎厌,在一九七〇年出版的全集中,她未收录其中任何一首诗作。

一九五四年,第二本诗集《自问集》出版。在这本诗集里,涉及政治主题的诗作大大减少,处理爱情和传统抒情诗主题的诗作占了相当可观的篇幅。一九五七年,《呼唤雪人》出版,至此她已完全抛开官方鼓吹的政治主题,找到了自己的声音,触及人与自然、人与社会、人与历史、人与爱情的关系。在《布鲁格的两只猴子》一诗,辛波斯卡将它们和正在接受人类学考试的人类置于平行的位置,透露出她对自然万物的悲悯,认为它们在地球的处境并不比人类卑微。然而,尽管现实世界存有缺憾,人间并非完美之境,但辛波斯卡认为生命仍值得眷恋。在《未进行的喜马拉雅之旅》一诗,辛波斯卡无意以喜马拉雅为世外桃源,反而呼唤雪人,要他归返悲喜、善恶、美丑并存的尘世。

万 物 静 默 如 谜
辛 波 斯 卡 诗 选

在《企图》一诗,她重新诠释波兰极著名的一首情歌《甜美的短歌》("你走上山坡,我走过山谷。你将盛开如玫瑰,我将长成一株雪球树……"),道出她对生命的认知:渴望突破现状,却也乐天知命地接纳人类宿命的局限。

在一九六二年出版的《盐》里,我们看到她对新的写作方向进行更深、更广的探索。她既是孤高的怀疑论者,又是慧黠的嘲讽能手。她喜欢用全新的、质疑的眼光去观看事物;她拒绝滥情,即便触及爱情的主题,读者也会发现深情的背后总有一些反讽、促狭、幽默的影子。她企图在诗作中对普遍人世表达出一种超然的同情。在《博物馆》,辛波斯卡对人类企图抓住永恒的徒然之举发出噫叹;生之形貌、声音和姿态显然比博物馆里僵死的陈列品更有情有味、更有声有色。在《不期而遇》,她借大自然动物的意象,精准有力、超然动人地道出老友相逢却见当年豪情壮志被岁月消蚀殆尽的无奈,以及离久情疏的生命况味。在《金婚纪念日》,她道出美满婚姻的神话背后的阴影——长

附 录
种种荒谬与欢笑的可能

期妥协、包容的婚姻磨蚀了一个人的个性特质,也抹煞了珍贵的个别差异:

性别模糊,神秘感渐失,

差异交会成雷同,

一如所有的颜色都褪成了白色。

一九六七年,《一百个笑声》出版,这本在技巧上强调自由诗体,在主题上思索人类在宇宙处境的诗集,可说是她迈入成熟期的作品。一九七二年出版的《可能》,和一九七六年的《巨大的数目》更见大师风范。在一九七六年之前的三十年创作生涯中,辛波斯卡以质代量,共出版了一百八十首诗,其中只有一百四十五首是她自认为成熟之作,她对作品要求之严由此可见一斑。在辛波斯卡的每一本诗集中,几乎都可以看到她追求新风格、尝试新技法的用心。诚如她在《巨大的数目》

万物静默如谜
辛波斯卡诗选

一诗里所说:"地球上住着四十亿人,/但是我的想象依然如故。/它和巨大的数目格格不入。/它依然为个体特质所动。"的确,在其写作生涯中,她的题材始终别具一格:微小的生物、常人忽视的物品、边缘人物、日常习惯,被遗忘的感觉。她敏于观察,往往能自日常生活汲取喜悦,以简单的语言传递深刻的思想,以小隐喻开启广大的想象空间,寓严肃于幽默、机智,是以小搏大、举重若轻的语言大师。辛波斯卡用字精炼,诗风清澈、明朗,诗作优游从容、坦诚直率,沉潜之中颇具张力,享有"诗界莫扎特"的美誉。然而她平易语言的另一面藏有犀利的刀锋,往往能够为读者划开事物表象,挖掘更深层的生命现象,为习以为常的事物提供全新的观点,教读者以陌生的眼光去看熟悉的事物。

在《恐怖分子,他在注视》一诗,辛波斯卡以冷静得几近冷漠的笔触,像架设在对街的摄影机,忠实地呈现定时炸弹爆炸前四分钟酒吧门口的动态——她仿佛和安置炸弹的恐怖分子一起站在对街,冷眼旁观即

附 录

种种荒谬与欢笑的可能

将发生的悲剧。辛波斯卡关心恐怖手段对无辜民众无所不在的生命威胁，但她知道无言的抗议比大声疾呼的力量更强而有力。她让叙述者的冷淡和事件的紧迫性形成了强烈的对比，读者的心情便在这两股力量的拉锯下，始终处于焦灼不安的状态，诗的张力于是巧妙地产生了。在《圣殇像》，辛波斯卡以同情又略带嘲讽的语调，将政治受难英雄的母亲塑造成媒体的受害者。儿子受难，母亲却得因为追悼人潮的涌入和探询，时时刻刻——接受访问、上电视或广播，甚至参与电影演出——重温痛苦的回忆，一再复述儿子殉难的场景。然而伤痛麻木之后，自己的故事似乎成了别人的故事。母亲流泪，究竟是因为丧子之恸仍未抚平，还是因为弧光灯太强？是个值得玩味的问题。而在《隐居》一诗，辛波斯卡抛给我们另一个问题。有这么一位隐士"住在漂亮的小桦树林中／一间有花园的小木屋里。／距离高速公路十分钟，／在一条路标明显的小路上"。他忙着接待各地的访客，乐此不疲地说明自己隐居的动机，愉快地摆姿势接受拍照。令人不禁怀疑：他真正喜欢的是

万物静默如谜
辛波斯卡诗选

粗陋孤寂的隐居生活，还是隐居所获致的边际效益——他人的赞叹和仰慕所引发的自我膨胀和虚荣的快感？此诗以幽默、戏谑的轻松口吻，探讨与人性相关的严肃主题，这正是辛波斯卡诗作的重要特色，一如《在一颗小星星底下》末两行所揭示的："噢，言语，别怪我借用了沉重的字眼，／又费心劳神地使之看似轻松。"这或许也是辛波斯卡能够成为诗坛异数——作品严谨却拥有广大读者群——的原因吧！

　　身为女性诗人，辛波斯卡鲜少以女性问题为题材，但她不时在诗作中流露对女性自觉的关心。在《一个女人的画像》，辛波斯卡为读者描绘出一个为爱改变自我、为爱无条件奉献、因爱而坚强的女人。爱的枷锁或许让她像"断了一只翅膀的麻雀"，但爱的信念赐予她梦想的羽翼，让她能扛起生命的重担。这样的女性特质和女性主义者所鼓吹的挣脱父权宰制、寻求解放的精神有着极大的冲突，但辛波斯卡只是节制、客观地叙事，语调似乎肯定、嘲讽兼而有之。她提供给读者的只是问题的选项，而非答案。对辛波斯卡而言，性别并不重要；个

附　录
种种荒谬与欢笑的可能

人如何在生命中为自己定位才是她所关心的。

　　人与自然的关系也是辛波斯卡关注的主题。在她眼中，自然界充满着智慧，是丰沃且慷慨的，多变又无可预测的；细体自然现象对人类具有正面的启示作用。她对人类在大自然面前表现出的优越感和支配欲望颇不以为然。她认为人类总是过于渲染自身的重要性，将光环笼罩己身而忽略周遭的其他生命；她相信每一种生物的存在都有其必然的理由，一只甲虫的死理当受到和人类悲剧同等的悲悯和尊重（《俯视》）。窗外的风景本无色，无形，无声，无臭，又无痛；石头无所谓大小；天空本无天空；落日根本未落下。自然万物无需名字，无需人类为其冠上任何意义或譬喻；它们的存在是纯粹的，是自身俱足而不假外求的（《一粒沙看世界》）。人类若无法真诚地融入自然而妄想窥探自然的奥秘，必定不得其门而入（《与石头交谈》）。理想的生活方式其实唾手可得，天空是可以无所不在的——只要与自然合而为一，只要"一扇窗减窗台，减窗框，减窗玻璃。/一个开口，不过如此，/开得大大的"。当人类

万物静默如谜
辛波斯卡诗选

与自然水乳交融时，高山和山谷、主体和客体、天和地、绝望和狂喜的明确界线便不复存在，世界不再是两极化事物充斥的场所，而是一个开放性的空间（《天空》）。

辛波斯卡阅读的书籍范畴极广，她担任克拉科夫《文学生活》周刊编辑将近三十年（*1953-1981*），撰写一个名为"非强制阅读"的书评专栏。一九六七到一九七二年间，她评介了一百三十本书，而其中文学以外的书籍占了绝大的比例，有通俗科学（尤其是关于动物方面的知识性书籍）、辞书、百科全书、历史书、心理学、绘画、哲学、音乐、幽默文类、工具书、回忆录等各类书籍。这么广泛的阅读触发了她多篇诗作的意念和意象。辛波斯卡曾数次于书评和访谈中对所谓的"纯粹诗"表示怀疑。在一篇有关波德莱尔的书评里，她写道："他取笑那些在诗中称颂避雷针的诗人。这样的诗或许稍显逊色，但在今日，这个主题和任何事物一样，都可以成为绝佳的精神跳板。"辛波斯卡认为诗人必须能够也应该自现实人生取材；没有什么主题是"不富

附 录
种种荒谬与欢笑的可能

诗意"的，没有任何事物是不可以入诗的。从她的诗作，我们不难看出她对此一理念的实践：她写甲虫、石头、动物、植物、沙粒、天空；她写安眠药、履历表、衣服；她写电影、画作、剧场；她写战争、葬礼、色情文学、新闻报导；她也写梦境、仇恨、定时炸弹、恐怖分子。辛波斯卡对事物有敏锐的洞察力，因此她能将诗的触角伸得既广阔且深远。对辛波斯卡而言，诗具有极大的使命和力量，一如她在《写作的喜悦》中所下的结语："写作的喜悦。/ 保存的力量。/ 人类之手的复仇。"诗或许是人类用来对抗有限人生和缺憾现实的一大利器。诗人在某种程度上和"特技表演者"有相通之处：缺乏羽翼的人类以"以吃力的轻松，以耐心的敏捷，在深思熟虑的灵感中"飞翔。诗，便是诗人企图紧握"摇晃的世界"所抽出的"新生的手臂"；诗，便是在梦想与现实间走钢索的诗人企图藉以撑起浮生的一根竿子。

一九七六年之后，十年间未见其新诗集出版。一九八六年《桥上的人们》一出，遂格外引人注目。令人惊讶的是，这本诗集竟然

万物静默如谜
辛波斯卡诗选

只有二十二首诗作,然而篇篇佳构,各具特色,可说是她诗艺的高峰。在这本诗集里,她多半以日常生活经验为元素,透过独特的叙述手法,多样的诗风,锤炼出生命的共相,直指现实之荒谬、局限,人性之愚昧、妥协。

《葬礼》一诗以三十五句对白组成,辛波斯卡以类似荒诞剧的手法,让观礼者的话语以不合逻辑的顺序穿梭、流动、交错,前后句之间多半无问答之关联,有些在本质上甚至是互相冲突的。这些对白唯一的共通点是——它们都是生活的声音,琐碎、空洞却又是真实生命的回音。在本该为死者哀恸的肃穆葬礼上,我们听到的反而是生者的喧哗。借着这种实质和形式之间的矛盾,辛波斯卡呈现出真实的生命形貌和质感,没有嘲讽,没有苛责,只有会心的幽默和谅解。

在《写履历表》一诗,辛波斯卡则以颇为辛辣的语调讥讽现代人功利导向的价值观——将一张单薄的履历表和一个漫长、复杂的人生划上等号,企图以一份空有外在形式而无内在价值的数据去界定一个人，企图以片面、无意义的具体事实去取代生命中诸多抽象、无以名之的美好经验。然而，这样的荒谬行径却在现代人不自觉的实践中，成为根深蒂固的生活仪式，诗人为我们提出了警讯。

在《衣服》一诗中，辛波斯卡不厌其烦地列出不同质料、样式的衣服名称，及其相关之配件、设计细节，似乎暗示生命的局限——再严密的设防，也无法阻拦焦虑、心事、病痛、疏离感的渗透。即使抽出了围巾，在衣服外再裹上一层保护膜，也只是一个苍凉无效的生命手势。然而，辛波斯卡对人世并不悲观。在《桥上的人们》中，她以日本浮世绘画家歌川广重的版画《骤雨中的箸桥》为本，探讨艺术家企图用画笔拦截时间、摆脱时间束缚的用心。英国诗人济慈（*John Keats*）在《希腊古瓮颂》一诗里，曾经对艺术的力量大大礼赞一番，因为它将现实凝结为永恒，并且化解了时间对人类的威胁。辛波斯卡称歌川广重为"一名叛徒"，因为他让"时间受到忽视，受到侮辱"，让"时间失足倒下"，因为他"受制于时间，却不愿意承认"。企图

万物静默如谜
辛波斯卡诗选

以写作,以"人类之手的复仇"对抗时间与真实人生的诗人,其实是艺术家的同谋、共犯。但辛波斯卡相信,此种与时间对抗的力量不仅蕴藏于艺术品里,也可以当下体现:有些人,进一步地,在面对现实人生,在接受生命苦难本质的同时,听到了画里头"雨水的溅洒声,/感觉冷冷的雨滴落在他们的颈上和背上,/他们注视着桥以及桥上的人们,/仿佛看到自己也在那儿/参与同样无终点的赛跑,/穿越同样没有止尽,跑不完的距离,/并且有勇气相信/这的确如此"。人类(艺术家或非艺术家)的坚毅与想象,支持这孤寂、抽象的长跑一代复一代地延续下去。

辛波斯卡关心政治,但不介入政治。严格地说,她称不上是政治诗人——也因此她的书能逃过官方检查制度的大剪,得以完整的面貌问世——但隐含的政治意涵在她诗中到处可见。早期诗作《然而》是辛波斯卡少数触及第二次世界大战期间德国的残暴行径的诗作之一。因此,这首诗格外值得注意——它不但对纳粹集体大屠杀的暴行加以

附　录

种种荒谬与欢笑的可能

谴责，同时也暗指波兰社会某些人士对犹太人的命运漠不关心。在以德军占领期的波兰为背景的另一首诗作《可能》，处处可见不安、恐惧、逮捕、驱逐、处死的暗示性字眼。辛波斯卡的宿命观在此诗可略窥一二：生命无常，在自然界和人类世界，任何事情都可能发生。但是，辛波斯卡的政治嘲讽和机智在《对色情文学的看法》一诗中发挥得淋漓尽致。上个世纪八十年代的波兰在检查制度之下，政治性、思想性的著作敛迹，出版界充斥着色情文学。在这首诗里，辛波斯卡虚拟了一个拥护政府"以思想箝制确保国家安全"政策的说话者，让他义正词严地指陈思想问题的严重性超乎色情问题之上，让他滔滔不绝地以一连串的色情意象痛斥自由思想之猥亵、邪恶。但在持续五个诗节嘉年华会式的激情语调之后，辛波斯卡设计了一个反高潮——在冷静、节制的诗的末段，她刻意呈现自由思想者与志同道合者喝茶、跷脚、聊天的自得和无伤大雅。这样的设计顿时瓦解了说话者前面的论点，凸显其对思想大力抨击之荒谬可笑，也间接对无所不在的思想监控所

万 物 静 默 如 谜
辛 波 斯 卡 诗 选

造成的生存恐惧，提出了无言的抗议。

辛波斯卡认为生存是天赋人权，理应受到尊重。在《种种可能》一诗，她对自己的价值观、生活品味、生命认知做了相当坦率的表白。从她偏爱的事物，我们不难看出她恬淡自得、自在从容、悲悯敦厚、不道学、不迂腐的个性特质。每个人都是独立的自主个体，依附于每一个个体的"种种可能"正是人间的可爱之处。透过这首诗，辛波斯卡向世人宣告生命之多样美好以及自在生存的权利，因为"存在的理由是不假外求的"。

辛波斯卡的诗不论叙事论理多半直截了当，鲜用意象，曾有人质疑她取材通俗、流于平凡，殊不知正因为如此，她的诗作才具有坦诚直率的重要特质。这份坦直也吸引了名导演基耶斯洛夫斯基[1]：

---

[1] 基耶斯洛夫斯基（*Kieslowski, 1941-1996*），波兰著名导演，他的代表作品有《红》《白》《蓝》《十诫》《维罗尼卡的双重生活》等。

附 录

种种荒谬与欢笑的可能

一九九三年,我在华沙过圣诞。天气烂透了,不过卖书的摊贩已摆出摊子作生意。我在其中一个书摊上发现了一小本辛波斯卡的诗集。她是罗曼·格林(Roman Gren)最喜欢的诗人——罗曼·格林是《三颜色》的译者。我买下这本书,打算送给他。辛波斯卡和我从未碰过面;我不知道我们是否有共通的朋友。就在我胡乱翻阅这本书的时候,我看到了《一见钟情》。这首诗所表达的意念和《红》(即《红色情深》)这部电影十分相近。于是我决定自己留下这本诗集。

这本诗集即是一九九三年出版,收录十八首诗作的《结束与开始》。在《一见钟情》这首诗,我们看到人与人之间的微妙关系。两个素昧平生的人偶然相识,擦出火花,然而这真的是第一次交会吗?在此之前或许两人曾经因缘际会"擦肩而过一百万次了"——在人群中,拨错的电话中,经过旋转门的时候,在机场接受行李检查的时候;一片飘落的叶子，一个消失于灌木丛中的球，或一个类似的梦境，都可能是连结人与人之间的扣环。有了这层体认，我们便可用全新的角度去看待疏离的人际关系，并且感受到一丝暖意和甜蜜。

在《有些人喜欢诗》这首诗里，辛波斯卡如是写道：

有些人——
那表示不是全部。
甚至不是全部的大多数，
而是少数。
倘若不把每个人必上的学校
和诗人自己算在内，
一千个人当中大概
会有两个吧。

附　录

种 种 荒 谬 与 欢 笑 的 可 能

喜欢——

不过也有人喜欢

鸡丝面汤。

有人喜欢恭维

和蓝色,

有人喜欢老旧围巾,

有人喜欢证明自己的论点,

有人喜欢以狗为宠物。

诗——

然而诗究竟是怎么样的东西?

针对这个问题

人们提出的不确定答案不只一个。

但是我不懂,不懂

又紧抓着它不放，

仿佛抓住了救命的栏杆。

最后一辑诗作选自辛波斯卡得诺贝尔奖后出版的诗集《瞬间》（2002）。这些诗许多是她先前几本诗集主题的再现或变奏，举重若轻，以小搏大，从容、机智的辛波斯卡风格鲜明在焉，读来仍处处惊艳。《三个最奇怪的词》让人一见难忘；《对统计学的贡献》别出心裁地以看似缺乏诗意的统计学数据，精准、幽默、惊心地呈现出人类或人性的种种情境，只有辛波斯卡才能构筑出此类带泪的戏谑。譬如"个体无害，/群体中作恶者/——至少一半的人；//为情势所迫时/行径残酷者/——还是不要知道为妙/即便只是约略的数目""公正不阿者/——三十五人，为数众多；//公正不阿/又通达情理者/——三人"。《在众生中》和《植物的沉默》，这两首可视为收束其诸多主题，展现"诗界莫扎特"明朗、迷人诗歌演奏风格的压卷之作。

附 录

种种荒谬与欢笑的可能

这也许不是一个诗的时代——或者,从来就未曾有过诗的时代——但人们依旧写诗、读诗,诗依旧存活着,并且给我们快乐与安慰,对许多人而言,诗真的像"救命的栏杆"。辛波斯卡是懂得诗和生命的况味的,当她这样说:"我偏爱写诗的荒谬,胜过不写诗的荒谬。"

陈黎 张芬龄

辛波斯卡作品年表

诗集

存活的理由（*Dlatego zyjemy, 1952*）

自问集（*Pytania zadawane sobie, 1954*）

呼唤雪人（*Wolanie do Yeti, 1957*）

盐（*Sól, 1962*）

一百个笑声（*Sto pociech, 1967*）

可能（*Wszelki wypadek, 1972*）

巨大的数目（*Wielka liczba, 1976*）

桥上的人们（*Ludzie na moscie, 1986*）

结束与开始（*Koniec i poczatek, 1993*）

瞬间（*Chwila, 2002*）

冒号（*Dwukropek, 2005*）

这里（*Tutaj, 2009*）

足矣（*Wystarczy, 2012*）

散文集

非强制阅读（*Lektury nadobowiazkowe, 1973*）

非强制阅读新辑（*Nowe Lektury nadobowiazkowe：1997-2002, 2002*）

图书在版编目（CIP）数据

万物静默如谜 /（波）辛波斯卡 (Szymborska,W.) 著；陈黎，张芬龄译.
— 长沙：湖南文艺出版社，2016.5
书名原文：Poems New and Selected
ISBN 978-7-5404-7181-1

Ⅰ.①万… Ⅱ.①辛… ②陈… ③张… Ⅲ.①诗集 – 波兰 – 现代Ⅳ.① I513.25
中国版本图书馆 CIP 数据核字 (2015) 第 119995 号

POEMS NEW AND SELECTED by Wisława SZYMBORSKA
English translation copyright©1998 Houghton Mifflin Harcourt Publishing Company
Text of Nobel Lecture copyright ©1996 by The Nobel Foundation
Published arrangement with Houghton Mifflin Harcourt Publishing Company
through BIG APPLE AGENCY, INC.,LABUAN,MALAYSIA.
Simplified Chinese edition copyright©2012 Shanghai Insight Media Co.,
All rights reserved
著作权合同登记号：18-2012-264

万物静默如谜
WANWU JINGMO RU MI

［波］维斯拉瓦·辛波斯卡 著 陈黎 张芬龄 译

出 版 人	曾赛丰
出 品 人	陈 垦
出 品 方	中南出版传媒集团股份有限公司
	上海浦睿文化传播有限公司
	上海市巨鹿路 417 号 705 室（200020）
责任编辑	耿会芬
装帧设计	任凌云
美术编辑	华 扬
责任印制	王 磊
出版发行	湖南文艺出版社
	长沙市雨花区东二环一段 508 号（410014）
网 址	www.hnwy.net
经 销	湖南省新华书店
印 刷	河北鹏润印刷有限公司

开本：880mm×1230mm 1/32　　印张：7.5　　字数：80千字
版次：2016 年 5 月第 1 版　　印次：2024 年 12 月第 1 版第 21 次印刷
书号：ISBN 978-7-5404-7181-1　　定价：48.00 元

版权专有，未经本社许可，不得翻印。
如有倒装、破损、少页等印装质量问题，请联系：021-60455819

浦睿文化
INSIGHT MEDIA

出品人：陈垦

监制：张雪松　策划：余西　出版统筹：戴涛
装帧设计：任凌云　内页制作：华扬

浦睿文化 Insight Media
投稿邮箱：insightbook@126.com
新浪微博 @ 浦睿文化